一段独骑东南亚6国
行程8000里
探寻人生意义的毕业之旅

随风而去

"献给那些心怀梦想而永无止境的人"

牟阳江 著

广东旅游出版社

图书在版编目（CIP）数据

随风而去 / 牟阳江著.—广州：广东旅游出版社，
2010.1
　ISBN 978-7-80766-144-3

　Ⅰ.随… Ⅱ.牟… Ⅲ.游记－作品集－中国－当代
Ⅳ.I267.4

中国版本图书馆CIP数据核字（2009）第197901号

责任编辑：蔡子凤
装帧设计：龙　弋
图片摄影：牟阳江

广东旅游出版社出版发行
（广州市中山一路30号之一　　邮编：510600）
广州市新怡印务有限公司印刷
地址：广州市天河区东圃大观中路490号
电话：020-32051380
广东旅游出版社图书网
www.tourpress.cn
邮购地址：广州市中山一路30号之一
联系电话：020-87347994　　邮编：510600
889毫米×1250毫米　32开　9印张　110千字
2010年第1版第1次印刷
定价：29.80元

本书如有错页倒装等质量问题，请直接与印刷厂联系换书。

前言

　　风过有迹，岁月留痕，每个生命都有各自的轨迹。

　　冥冥中觉得，人生之路弯弯曲曲、兜兜转转，决定人生方向的，是在许多重要的转折点上，大学毕业之际就是其中之一。转折点上，一念成佛，一念成魔，而我却在此迷失了方向，不知何去何从。大三暑假将至，某晚，我独自一人走在校道上，盛夏的热风不知从何处袭来，吹得两旁的芒果树沙沙作响，也吹响了我心中一连串困惑人生的疑问。

　　我的人生轨迹将会如何？

　　大学校门，这个时空之门，踏进以及踏出，我只是感到无比的空虚。校门内是可以做梦的，校门外现实却是如此残酷。男女之间的爱情、终身奋斗的事业、天生注定的家庭使命、无可逃避的社会责任，所有所有这些困惑人生的问题，答案都藏在哪里呢？

　　人为了什么活着，又为了什么死去？

　　既然就要踏入社会，与其坐以待毙，留下终身遗憾，不如主动出击，利用最后一个暑假，尽情挥洒自己的青春，竭力燃烧自己的生命，去探寻困惑人生的答案。

　　尘间走过，哪些可以永存？

　　无数的风流人物，将随着时光的冲刷一一出局。离奇的古埃及文明，到头来也只唤出千年一叹。一切的一切，都会随风而去，只有那些刻苦铭心的经历，在人生酒坛中，慢慢发酵，越来越香，越老越醇。

莫名的感叹随之涌上心头。

切格瓦拉毕业之旅后，投身革命；达尔文毕业之旅后，写成《物种起源》。毕业之旅严格来说称不上旅游，而是带着困惑人生的问题上路，誓要找到内心憧憬的乌托邦。

毕业之旅又为什么要独自一人？

一个人独行天地间，最常思考的问题便是人生的意义。释迦王子离家出走，思考人生的意义，后来成为佛陀；穆罕默德只身沙漠，思考人生的意义，后来成为先知。

困惑人生的答案，真的就藏在毕业之旅的途中！

当时我对旅行还是一无所知，只因这些发自内心的召唤，毅然上路，却浑然不觉人生悄然改变。

一路上，我多次与爱情擦身而过；"天堂"曾经向我招手；跟很多土著人、华人、游客交谈；接触到美丽与丑陋的心灵；用骑车、搭便车、坐船的方式过境；去游客稀少的地带，也去人潮汹涌的景区；住旅馆、帐篷露营、寄宿人家、寺庙甚至是军队哨所；吃廉价地道的当地美食，也品尝免费的超级大餐；参加婚礼，也目睹丧事；打过工，更讨过饭……

旅途中，我逐渐认识到感恩、认识到自我、认识到旅行与人生的意义，而这次两个月的旅行，包括出发前的签证和机票等所有开支，不到6000元。

而在此之前，我还是单车旅行的门外汉，未曾搭过飞机，还没去过国内几个地方，也没有体验过独自旅行，更没有出国的经历！千里独骑东南亚六国对我来说无疑是天方夜谭。是什么驱使我这么做并如愿以偿的呢？两个字——信念！

信念，可以翻越内心的珠穆朗玛峰。

归国后，我又重拾信念，依旧以单车旅行般的速度，在现实生活中寻找昔日的踪迹，极力回归路途中那种质朴的心境，写出了《随风而去》。

这是一本运用奇形怪状的视角以及荒谬离奇的思维将旅行中的毕业困惑、单车奇遇、奇风异俗、爱情情感、旅行意义和人生思考糅合在一起的单车旅行文学。字里行间，读者将会随着我"滴答滴答"的单车踏动的脚步，来亲身经历那一个个值得一生回味的旅途故事。

每一个故事，都是一场邂逅。

泰国南部的枪口脱险和死火山上的鬼吹灯经历，何者最惊险刺激？香妃城里的浪漫爱情与柬埔寨女人的前世今生，哪一个最能叫人潸然泪下？黑夜里熟悉而又陌生的制服女郎，风雨中情窦初开的妙龄少女，究竟是谁最令我如痴如醉？快乐的真谛也好，移动的教室也好，两者之间又是否同样发人深思？在最丑陋的公路上，居然有着最美丽的天空，而在陌生的国度，居然也可以寻到儿时的故乡！豪门的葬礼，难以置信，竟然比乡下的婚礼还要来得欢天喜地……

离国近两个月，在踏上国土的一刹那，最难释怀的又是何事何物？

想知道一切的一切？哈哈，看下去就知道啦！

目录 contens

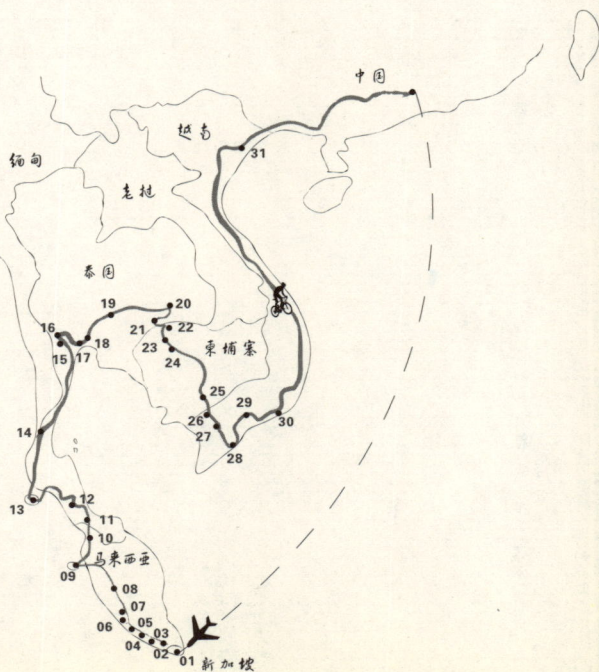

中国

越南

缅甸

老挝

泰国

31

19 20

16   21 22

18 23 柬埔寨

15 17   24

25 29

14   26   30

27

28

13   12

11

10

马来西亚

09

08

07

06 05 03

04 02

01 新加坡

新加坡，就这样完了

　　这个国家很小，也不像传说中那么安全、文明，一不留神就骑完了。骑车从南到北，穿越新加坡也就40公里不到，一下子新加坡就完了！骑车还好控制，要是自驾车旅行，你可要当心了，踩大力点油门，汽车就冲过边境入侵了马来西亚，你就这样完了！我有一段悬崖边的爱情，前往新加坡调解未果反而弄成永别，于是我就这样完了！

中国

新加坡

何日君再来

隨風而去

我的毕业之旅是从爱情开始的。

我们不见已三个月有余，我非常惦记远在新加坡的她。

香港城市大学的暑假放得老早。这个暑假，她远赴新加坡实习三个月，而我们却在中途吵架闹分手，正是祸不单行的日子。

我从广州到星洲，目的是挽回这段4年的爱情，然后取道兀兰口岸，过境到马来西亚的新山。在此之前，她不知道我会到来，我曾骗她新加坡的签证被拒绝了，目的是给她一个惊喜。

新加坡的签证可谓有惊无险，先是图方便在网上申请签证，申请很快得到批准。翌日，我带上批文及必要的文件激动地跑到新加坡驻广州领事馆，结果被告知要银行储蓄证明。

我不解，广州户口不是有优惠政策吗？

工作人员解释，网上申请是新加坡移民总局审批，"广州户口免证明"这项政策只是当事人直接向广州领事馆申请签证的优惠。而此时我的资金还没有到位，全部资产也就1000多元，无奈，我只好回到学校，打电话向亲朋好友求助。

第二天，好不容易凑到5000元，我马上赶去银行开了个存折，又火速前往新加坡领事馆，幸好此时人少。尽管已是中午，但之前说好上班时间来都给我办理，于是我又把文件交给保安递过去。

几分钟后，保安叫我，我兴奋地走了过去，结果从窗口里面传出"今天电脑系统出不了签证，你明天再过来"的声音。我沮丧地离开，心想这只是拒签的客套话。

隔天早上，我去到领事馆，例行公事地递出文件后坐在椅子上发呆，等到工作人员叫我的名字，我无精打采地走了过去，将耳朵靠近耳麦，

就要看见她了，心情仿似飞机悬在空中。

"祝你旅途愉快！"听到这句话，我像是被注入了兴奋剂。

那时我快疯了，因为，我终于可以去跟她会面。

这已是出发前两个多月的事了，但第一次的办理签证的经历总是那么记忆犹新。正是为了保密这个美丽的谎言，我一直没跟她主动联系过，最终导致吵架升级为分手，现在回想起来，那时候的我真是太天真了。

我拿起话筒，往电话机里塞进刚兑换好的新加坡元硬币，拨通了号码，听着话筒里传来的"嘟——嘟——嘟——"声，我的心怦怦直跳，经过漫长的等待，终于接通了。

　　我跟她说明了我的用心并道了歉，她刚开始表示出惊喜，尔后回归平静，说道："你过来吧，我在CITY HALL地铁站附近上班，下班后在地铁入口等你。"由于第一次出国，加上独自骑车，人生地不熟的，自然处处碰壁，待我到达时她已经苦等了约1小时。

　　我远远打量着她的装扮，乌黑的秀发、黑色的上衣、黑色的短裙、黑色的丝袜、黑色的高跟鞋。我走过去想牵手，她却匆忙转身说道："饿了吧，我带你去吃海南鸡饭。"

　　我拖着满载行李的单车，蹒跚地跟在她的后面，她则无精打采地夹着公文包带路，这时我看到她的背影，惦记着4年光阴，流水情长，何日与君再聚首？

　　我们过了几个路口，穿过几条小巷，来到了她一日三餐的地方。

　　等我安顿好笨重的单车，她点好菜，我们面对面坐了下来，在依稀的灯光中我看到她没甚血色、甚至有点发青的脸，心里的话却被此情此景打住了，怎么也开不了口。

　　她像个工作狂似的挤不出半点空闲，我们吃过晚饭，她告诉了我地址后就马上要搭地铁回住处，而我则按照指示骑车前往。

　　景万岸地铁站坐落在足球场般大的草坪旁边，附近有热带树林以及市场，我在市场买了个榴莲点心赶过去附近的巴士站。尽管熟悉了些新加坡路况，但当我赶到地铁站附近的巴士站时，她又静静地站着等了我1小时！

见到我的身影后，她就转身接着带路，回到她的住处。

路程虽算不上远，却要爬上一段坡路而后再下坡，接着又上坡，如是几次。上坡时她的身影在灰暗的路灯下拉得很长，本来就瘦弱的上身加上工作的压力更显单薄，下肢由于长期走路的缘故却变粗不少，她穿着不太习惯的高跟鞋一瘸一拐地往上爬，显得很辛苦的样子。

我看着她的背影，想到她这些日子来工作的摧残，我的眼泪很快流了下来。我抓紧拳头赶紧用手臂擦干眼泪，怕她看见，也怕别人看见。下坡时，她回过头来说道："过了这个坡就到了。"我刚想冲到前面去把榴莲点心递过去，却发现手中的点心捏成粉碎。待我偷偷扔掉点心，回过神来往前看时，我

们已经到达住处。

新加坡的建筑除了市中心的以外，普遍不高，住房更是两三层的独立别墅居多，她住的地方虽是商品房套间，但也有别墅的基因：完善的配套设施、大面积的绿化带、偌大的房屋空间以及友善而细心的保安。

这里不得不提及新加坡的住屋制度，新加坡政府鼓励儿女与父母住在一起，一来有家庭气氛，二来防止楼房重复建设；如不与父母住一起，在附近买楼也有政府补贴；个人拥有的住房不得超过两套。

她的住处位于商品房二楼的套间，与一起实习的同学合租。走上二楼，大门前偌大的空间安放几个杂物柜还绰绰有余，完全可以停放单车。于是，我把行李卸下来搬上去，又下来搬单车。

一切都安顿好，已是深夜，大家在客厅聊了些话题后，相继入房就寝。这时，我们在公共场合才有了私人空间，我们聊了几句，她就关灯催我入睡，我赶紧摸黑过去，一把抓住她冰凉的手，拉她过来抱住。她瘦长的身体弱不禁风，以至于这么一拉把她吓了一跳，我不知道该说些什么，也不知道该做些什么，就这样静静地抱着她。她推开我，转身离开说道："事已如此，不必难过。"等她的背影慢慢地消失在微弱的灯光中，再也摸不到时，我便呆呆地站在原地，眼泪又来了。

随风而去

第二天，她老早赶去上班，而我也要离开。她送我到路口，再三嘱咐我路上小心，甚是仔细。我暗自笑她迂，实际上我心里没有底，也不想走。临别时，她递给我一本《不去会死》，我颤抖地伸出双手接过，两眼直盯着她发愣，手怎么也收不回来，心里更不是滋味。这实在是因为我的心枯涩久了，变得脆弱；故偶然润泽一下，便疯狂似的不能自主了。我怕她看出来，于是赶紧跨上单车，踩动踏板。

待我心情平静偷偷地回头探时，却发现她一直在目送着

无家可归，我的住所与浴室。

我，我心里久久不能平息。不知道她看着我远去的背影时又会是什么样的心情呢？

内心驱使我马上停车，当我再次往回看时，她已经融入来来往往的人里，再也找不着。我一边抽着鼻子，一边想着"去了才会死"，有些事情现在不做，一辈子都做不了！

我到市区溜达以打发时间，却正好赶上一场下个不停的狂风暴雨，真是天空不作美。傍晚时分，我冒雨来到CITY HALL地铁站入口等她下班，却扑了个空。

新加坡公共场所室内有很多电话亭，但在路边却少得可怜，我骑着一辆单车甚是无奈，情急之下把单车丢在商场楼下锁好，自己则跑到里面打起电话。话筒传出的声音让我简直不敢相信自己的耳朵，悲伤迅速在全身蔓延。

狂风暴雨不但没有把我摧垮，反而越加激起我的斗志，我奔出室外，抬起被风吹倒的单车，飞快地向她的住处骑去。

很快，我再次来到了她的门前。我发现大门没有上锁，此时有一种闯进去的冲动，却觉得过于鲁莽；于是我整理好衣裳拨好凌乱的头发，左手按着门铃，同时右手推开门，走了进去。

下面发生的这一幕让我终生难忘，也许是巧合，也许是必然——她穿着睡衣从合租的男生房间跑出来！我本打算看到她就马上冲过去，抱着她说心里话，现在却被此情此景打住了。我们对视着，时间仿佛被冻住，唯有心头在转动。良久，我鼓起勇气说出心里话："我觉得未来不应该这么轻易就放弃。"

近几个月来，我们都为各自的前程东奔西跑，感情是一日不如一日。她到国外实习，独力支撑，受苦不少，哪知我却这

随闲而去

20

般儿戏，一而再再而三地惹她生气！她触目伤怀，自然不会原谅我。情郁于中，自然要发之于外，琐碎小事往往闹得分手才罢。她待我渐渐不如往日，今晚更是变本加厉，忘却了我的好，只是惦记着我的不好。她赶我走，我没有走，却在楼下搭起帐篷。深夜，她托舍友捎信，信中写道："我日思夜想却怎么也想不到我们在一起的理由，我这两天强迫自己坚持下去却情不自禁，我此时想点燃对你的热情却终是冷淡，这大概就是缘分已尽了吧。"

我读到此处，在晶莹的泪光中，又看见那乌黑秀发、黑色上衣、黑色短裙、黑色丝袜、黑色高跟鞋的背影。

唉！我不知还有没有机会与她相见。

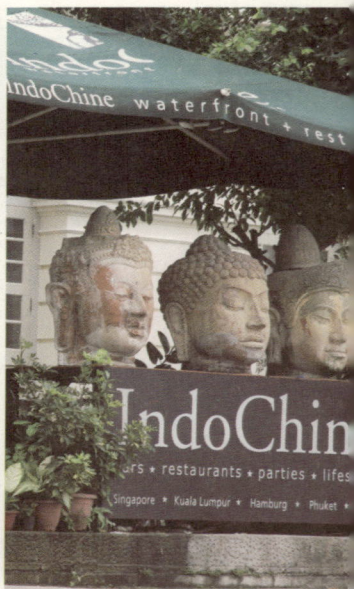

　　骑在新加坡一条浓郁的人
文、地理、宗教、历史的街道
上，伊斯兰寺庙、印度寺庙、中
国寺庙依次排开，而远处则是正
在建设的摩登大楼。

马来西亚，谁才是真正的华人

在马来西亚呆得越久，骑行的线路越长，接触的华人越多，我越觉得自己不配做中国人。他们知道的中国各地的方言比我多，了解的中国传统文化比我多，对北京奥运会比我热情得多，在汶川地震中比我捐钱多……无论何时何地，他们身上的中国味道都比我浓，我越来越怀疑自己，幸好手里还拿着铁证如山的中国护照，趁自己还没有被完全打垮的时候翻开看看，呐喊"我是中国人！"

02

大笨珍与小笨珍

从新山往北偏西走，很快就到了淡杯。

淡杯在公路边却又与公路隔离，是个很典型的马来西亚小镇，用以隔离的是沟壑或者护栏之属。若干个路口跨越隔离带与公路连接，从路口拐进去就到了与公路平行的马路，接着便是小镇的主要建筑——平房。

烈日当空，远远望去，伸向天际的公路生起袅袅炊烟，若隐若现地看到汽车在天际边进进出出，汽车震撼的音乐伴随着热浪拂面而过，虚无缥缈如幻觉一般。而小镇上的几排平房以及数不胜数的汽车越显公路的宽广，别有美国西部的风味，唯有镇上写着华文的商店提示着我身在何地。

我拐进小镇，先去找兑换店。说是找有点夸大劳动量，因为镇上的商店沿着公路一字排开，放眼望去便可辨别。

兑换不但要方法更要技巧啊，我来到兑换店门前，淡定地泊好车，大步地走进店里，稳重地讲开场白，自信地拿出兑换表跟他讨价还价，结果，还是无济于事——一切按店里公布出来的汇率兑换。

　　换好马来西亚林吉，我推着单车前进几步来到一个茶室，吃起让我留恋的辣小吃沙爹律律，以及冰小吃CENDOL煎堆。再从淡杯往西偏北走，经308、307公路，转J4公路，再转J7公路，最后拐左入No.5公路，一路向前，便到达小笨珍管辖的小镇，北干那那。

　　别看小镇不起眼，晚上总能找到乐子。地下妓院是北干那那的一大特色，它没有固定场所，而是通过拉皮条，打一枪换一个地方。你可要当心了，那可不是简单的色情交易，妓女在胸部涂有迷魂药，当你越来越接近时，就越来越飘飘然……就在你快要迷魂之际，请尽量保持清醒并说出你来自何处，说不定还有回旋谈判的余地。

　　我骑车进入小镇，在市场附近"狩猎"时发现一间旅店，旅店的方位坐向都比较理想，方便我晚上出去溜达。

　　旅店的地下是茶室，由于已是傍晚，而当地晚餐多在下午四五点进行，所以茶室空无一人。

　　"有人吗？"我走了进去连喊了几声。

　　"什么事啊？"从灰暗的后门走出了一位老伯，声音很洪亮。

　　"我想在此住一晚，请问有房间吗？"我边说边迎了上去。

老伯大约70岁，"地中海"，几绺白发盘在他光秃的头顶上，他身上穿着白色背心，下身穿着浅绿色短裤，脚丫夹着一双人字拖鞋，虽衣着简陋，但脸色红润、目光有神，令人望而敬仰。

"已经满了，不好意思！"他走出门口站在路边接着说："这条路一直往前走，在路口拐左约200米，左手边有一间马来人（即马来西亚土著人）开的旅店，你去打听一下。"

我跟着他走出门口，听完他说的话以后走到单车前，弯下腰正要开锁，老伯开始问话了："这是你的脚车吗？"我抬起头看着他，面带微笑地点了点头。他围着我的单车转了一圈，拍拍我行李架上的帐篷问道："你一个人骑脚车旅行啊？新加坡人？""对了一半，错了一半。"我伸直腰，拍了拍手上的灰尘。"哦？对了哪半，错了哪半？"老伯好奇地追问。"对的是，我是一个人骑脚车旅行。错的是，我不是新加坡人"。

"马华（即马来西亚华人）？"

我笑着摇了摇头。

"美国人？"

我又摇了摇头。

"台湾人？"

"对对对，很近了！"我急忙回答着。

"哦！我知道了，是香——港——人！"老伯上下晃动伸出的食指指着我笑答道。

"嘻——嘻——嘻——"我停顿了一下，接着说，"是中国人！"

"中国来的？"老伯非常惊讶，"一个人？骑脚车？哗！我在这里生活了大半辈子，你还是第一个！"他马上扶着我的肩膀，领我走进茶室坐下，倒了杯茶，便开始"审问"起来。

完毕，他指着我的帐篷说："如果不介意的话，可以在后门的空地上搭帐篷。放心，很安全的。"

他带我穿过后门，来到空地上。空地也近似室内，我便欣然答应了。待我安顿好，路灯便像一双双闪烁的眼睛似的点着了，夜幕已经降下，刚好是我出门找乐子的时候。由于我要去的地方在当地很有名，走在大街上随便抓个人问便能得到答案。这间铁板烧鱼店就在旅店斜对面，灯火通红，人声鼎沸，老远便被扑鼻而来的鱼香迷魂，无法自拔了。当地的消费不算高，一餐饭3~5块林吉，几十块钱1公斤的铁板烧鱼便是奢侈了。想着旅行这几天以来依然保持着零住宿费的纪录，便算是表扬自己，且享用这人间美味好了。

之后，我便哼着歌摇摇晃晃地走回旅店。刚到门口，老伯便马上迎了上来，显然是等候多时，他用很低沉的语调跟我说："老板不同意给你在空地搭帐篷。他说在楼上腾出一间房给你住。"

我乐坏了，高兴地回答："这岂不是更好！"

老伯此时更尴尬了，很不好意思地说："可他要收回房租。"

我心一凉，房租都已经吃进肚子里面了，怎么吐出来啊？我拉着他的手，拍着他的手背，"席地就寝伤身体，不宜多

睡，还是住房间好。住房付款，天经地义，老伯不必难过。"这是安慰老伯，也是安慰自己。

他反过来握住我的双手，欣慰地对我说："这是房租，你拿去给老板。" 我觉得手心有些纸状物，他想松手，我便牢牢握住，怎么也不肯放松。

"你听我说！你老远来到这里，我不但没有什么给你，反而出尔反尔，这样很不好。中国有句古话，'有朋自远方来，不亦乐乎'。你收下这个，我们就算是忘年之交了！"老伯激动地说。

"老伯，能认识你这样的朋友是我的荣幸。既然是朋友就应该往来，来年有机会我再回来之时，我再领过你的厚礼，如何？"

我俩久久握住对方的双手，晶莹的泪光在眼眶内迂回闪烁。到后来，我在泰国看北京奥运会开幕式直播时，看到那句"有朋自远方来，不亦乐乎"，我便想起北干那那，想起忘年之交的老伯。

第二天清晨，我被轰轰作响的马达声吵醒。我告别老伯，沿着NO.5公路继续往前走，不久，便到达小笨珍，再往北拐很快便到大笨珍了。这次可要颠覆传统了——小笨珍比大笨珍大！笨珍是柔佛州的一个市，行政中心设在小笨珍，大笨珍只

随风而去

不过是附近的一个镇。

正当我闭着眼睛、听着收音机，躺在海滨公园的草坪上享受清爽的海风以及温暖的阳光意犹未尽的时候，一个阴影出现在我的上空。我张开眼睛，背光依稀可辨一位中年男子的体形，我想看清他的形貌，于是摘掉耳塞坐了起来。他也在我斜对面坐下。他卷卷的花白的头发，中等身材，黝黑的粗糙的皮肤，从五官可知是一位马来人。

他个性爽朗，我拿出口袋的饼干请他吃，他也毫不客气地嚼了起来。我们有说有笑，边聊边吃，没几分钟便把饼干一扫而光了。旅途中与陌生人聊天就像读书一样，从素不谋面到熟悉再到暂别，感觉十分奇妙；而在旅途中与不同的陌生人聊天又像看不同的书，有专著也有百科全书，十分有趣。

临别，他塞给我10元林吉，我纳闷，究竟是我长得像身世可怜的流浪汉，抑或是笨珍人笨？

不解。

也许，天堂上的心灵，是不能用尘世间的秤尺去衡量的吧。

中国

马来西亚

03 参加华人政党会议

心领笨珍人的好意，接着上路，继续沿着NO.5公路北上，约80公里后便到达峇株吧辖，即所谓的班加兰布。

峇株吧辖的主干道叫"大马路"，沿大马路放眼望去都是历史悠久的骑楼，它偌大的柱子像定海神针一样镇在门前，而上面刻着"XXX公司"的巨大的繁体汉字老远就清晰可辨，仿佛浮雕一般，十分美观醒目。

由于大马路是南北走向，沿街店铺的门面自然是东西对开，所以骑楼的柱子与柱子之间都挂有遮阳用的门帘。门帘大多用薄竹片串成，方便卷起。早上，大马路西边的商铺垂下门帘遮挡斜照，垂下的门帘酷似凉在阳台的"竹席"，"竹席"依旧写有公司名称，名称下方通常缺出一个拱门，大小约一人，方便客户进出。下午，又轮到东边的商铺垂下门帘了，如

随风而去

30

是反复，唯有中午时分大马路两边的商铺方可对望。欣赏着这古朴的骑楼，漫踏在大马路上，我已经忘却了烈日的酷热，仿佛时光倒流置身于二十世纪三四十年代的香港。

今天一路都是吃着水果过来的，饿了累了，就在路边的水果摊吃好休息好再上路。在路上，车头总是挂着一袋水果，一只手抓车，另一只手抓水果，所以嘴巴总是没休息过。但水果终究不是饭，来到城市看着茶室、餐厅的招牌，肚子就直抗议。

才下午3点，街道就冷冷清清，没甚人气。我顺着骑车的方向扫描马路西边的店铺，大多打烊；再骑过马路对面，通过门帘下的拱门朝一间间商铺伸头去探，也已关门。

奇怪！早上9点，路边的店铺未开门，我以为还没到营业时间，可这下午3点也打烊，就不好解释了。我好不容易找到一家还在营业的餐厅，吃饱后打听这打烊的怪事。原来，周末在马来西亚是法定假期，几乎全部的商店都停业休息，旅游的旅游，休息的休息，唯有些许马华的商铺继续发扬中华民族勤劳智慧的传统美德。

吃的满足后顺当找住的。穿街过巷找了几间，不是价格贵就是"风水"不好，怎么找怎么个不合心意，就当逛街了事，最后还是兜回大马路的"大旅店"。大旅店其实不大，要是在国内我就会开口大笑这旅店自吹自擂，但经历过大笨珍与小笨珍以后，我觉得这里的"大"与"小"跟国内是不同一个概念，所以不敢怠慢，便毕恭毕敬地问起前台的老伯。方知这旅店1962年便落成，在当时的峇株吧辖来说算大了，旅店依当时新加坡新兴的骑楼修建，外廊是没有柱子的。

这才想明白骑楼外廊为何如此多柱子，原来是骑楼兴起的当时拱梁技术不够成熟，要想有宽大的外廊必须建柱子支撑。骑楼宽大的外廊大有好处，一来可以遮风挡雨，逛街购物不受到天气的影响；二来拓大了楼上的空间。起初应该是这样，后来便觉得美观，再后来便成了建筑文化保留下来。

一直以来都是随遇而安：能安全住在帐篷便感到欣慰；有冷水、风扇便感到满足；驱除疲惫的热水便是奢望。

旅店设备尽管简朴，但还是超出我的奢望：畅快淋漓的热水沐浴后，畅快淋漓地用冰水灌胃，热水浴身，冰水入口，接着穿肠过肚慢慢暖，一切的烦恼一切的疲惫都抛诸脑后。这时，我又想，人到底在什么样的境地得到什么样的享受就会满足呢？欲望使人不断进取，也使人无尽堕落，当理智沉睡时，欲望这个恶魔就会苏醒。

相反，电视倒是可有可无，有者观新闻看民风消遣过日；无者聊天找乐子体验生活，何乐不为？

峇株吧辖的夜生活倒也丰富，大马路便有大排档，尽头的河边又有海鲜摊档，呈"T"字型布局。宵夜不全在吃，走走停停、兜兜逛逛倒也来兴。

走出旅店，沿着大马路往尽头的河边走去，街边的叫卖声、炒菜声、聊天声混成一片，声声入耳；辣味、酸味、咖喱味一团扑来，五味清香。

走着逛着，眼前一栋灯火璀璨的建筑让我停下脚步，好不热闹啊。

"中华商会"，我一边念着一边走了进去。这是一栋两层的独立别墅风格的建筑，有一庭院包围着，庭院四周挤满了汽车，上空则挂满了一排排的小灯笼，由别墅屋顶向庭院四周延伸，好浓的中国味道啊！

顺着一排排灯笼的聚合点往上，看见站在楼上外廊的人举杯畅饮，不时发出阵阵笑声，是在开Party吗？

我穿过汽车，走进屋内。刚跨上台阶，就看见大堂深处的国父孙中山头像，让人肃然起敬；顺着旋转木梯迂回通向二楼，虽没有五步一回头那么夸张，但走到半路还是端详了国父许久，才咚咚咚咚跑上二楼。

我的眼睛刚刚浮出二楼的地板，人就愣住了，衣着整洁的人们正在开大餐，热气腾腾的面包一笼叠着一笼堆得老高，仿佛福建客家土楼似的成片成群。我慢慢地走了上去，刚想朝四周打量一番，结果却被楼梯口的一位阿姨抓着我的手拉我坐下。我心想坏了，难不成被逮住？心情七上八下。正准备道歉认罪，阿姨却先开口了："吃肉包，热的。"我猜她以为我是来宾便如此礼待，正准备解释清楚，她又抢先一步

说："怕口干就去拿饮料，吃饱开会好发言。"

哈哈，原来正准备开会呢，竟把我当代表了。

我马上抢答："我是中国过来旅行的，刚好路过便进来看看……"

"中国过来更应该尝尝我们的肉包了，吃吧，都是免费的，想吃什么随便拿！吃饱带你去看看我们的工会会议。"

哈哈，天底下居然有这般美差，要是我加上"独自骑脚车"倒可连住宿费也省下。

一个……两个……三个，足足吃了三个拳头般大小的肉包后我才跟着大流走进会场。会场四周随意地坐满了峇株吧辖区各地代表，四壁挂满名人勉励后人的字画，尽头便是主席台了。

我本想躲在一个角落里窃听，但怕万一被"审问"出真正身份来，"我现在可是代表中国参加会议，不能丢脸"，想到这，我鼓足勇气找个靠近主席台的位置一屁股坐下，动也不动，稳如泰山。

主席开场白还没说，便先问起我来："你是记者？"他指着我的相机问。我走到他面前自我介绍并表明来历，他便跟我谈起他在珠海的往事，还拉来主席台几位同仁一道说起中国，直到会议开始才罢。

一番谈话以后，我的心放开了许多，便跟旁边的代表聊起会议的话题。被选举人的名单都写在每人一份的资料上，流程是主席台上逐个点名被选举人，代表们可以提问并上台演讲表示抗议或支持，少数服从多数。决议的流程也大体相同，各地方以及各部门都有一个提议，主席台便逐个点名，提议者上台陈述提议，代表们可以提问并且上台演讲"拉票"。会场气氛自由活跃，畅所欲言，只要说的话有根有据，代表们自然会心服口服。

会议结束，我又溜去拿了两个肉包回旅店慢慢品尝，看来我是与峇株吧辖的海鲜无缘了。

有得必有失，又何必太过计较。

中国

马来西亚

04 再见，香妃

香妃这个故事很简短，却很浪漫。

从峇株吧辖去往马六甲，还是沿着NO.5公路前进，中途就会经过麻坡（即香妃城）。在香妃城附近，我遇上了一位老海员，这事是偶然也是必然，偶然的是我要买山竹，必然的是刚好这一段路上就只有他卖。

起初聊天的话题依旧是一些客套话，不知咋地话题转到了海员上，我记得不大清晰了，应该是他无意中听到我的专业是物流管理，之后便提到国际海运，紧接着聊到海员。

这时，他兴致勃勃地从钱包里面掏出他的海员证。我捧着他的海员证，梦想又涌上心来。曾几何时，我梦想着能像麦哲伦那样完成环球航行探险，能像达尔文那样完成环球航行科

随风而去

考。试想孤零零的一条船漂泊在茫茫大海之中，吹着掺杂海腥味的徐徐海风，听着轮船的汽笛声在天地间回荡，沐浴在夕阳的余晖之中，是多么的凄美啊！

我跟他背诵着我的梦想，他却讥笑我无大志。"海员有什么不好？可以漂洋过海环游世界，说不定还有奇遇呢！"我驳斥。

他顿时被这话定住了。我想向他道歉，但溜到嘴边的话又吞了下去。良久，他才开口说话，涓涓细流般跟我讲起他在台湾高雄与当地穆斯林少女的邂逅。

那是10年前的暮春，由于工作的需要，公司临时调配他跑高雄的航线，到达目的地以后，海员们晚上通常会找些乐子以医治长期在海上漂泊油然而生的寂寥的心，但他却不然，因为他是个虔诚的伊斯兰教徒。

下船后，已经饿得不行的他便找食物去了。高雄的伊斯兰教徒不多，清真菜馆也大多是给当地人光顾换换口味，能找到一家便不错了，于是，他便毫不犹豫地走进了他在高雄看到的第一间清真菜馆。

在门口迎接他的是一名穆斯林少女，双方都有他乡遇故知之感，俩人一见钟情，愣在门口一动不动良久才回过神来。俩人谈笑风生，话题慢慢转向儿女私情。

饭后，她约他看当时非常流行的电影《泰坦尼克号》。一个寂寞的海员陪着自己的心上人在漆黑的电影院看一部沉没之

船永不沉没的爱情绝唱。尔后，俩人便手牵着手，赤脚漫步在沙滩上，俩人点起火把，吹着海风听着海浪看着星星。

但上天往往总是用稍纵即逝的爱情来戏弄有缘人，明天早上他就要起航远去。她便紧紧抱着他，喃喃地哼起郑少秋那首《摘星》，歌词他肯定听不懂，但曲调却记忆犹新。

她跟他解释："男儿要志在四方，去摘下满天星。而爱情就像这浩荡天际的万千繁星，你能摘到我这颗便是真主安排的缘分，能够拥有一晚便得感谢真主。别难过，只要你还认得我，待到良宵便可重逢"。

他们一直躺着直到天亮。

天亮，匆忙上路，他看着她熟睡的面孔，想着别离之苦，却怎么也不敢叫醒她，于是轻轻地在她额头吻别。

他倒退着走开，远远望去她就像安躺在丝绸上的睡美人，海风吹拂着这丝绸，她便像隐约可见的美人鱼浮在水面，多么的宁静，多么的安详。慢慢地，他的视线越来越模糊，最终消失在日出的地平线上。

多么凄美的意境啊！

这时，我想起李商隐的那首《无题》：

相见时难别亦难，东风无力百花残。春蚕到死丝方尽，蜡炬成灰泪始干。

晓镜但愁云鬓改，夜吟应觉月光寒。蓬莱此去无多路，青鸟殷勤为探看。

……

船正好刚起航，她赶了过来边跑边喊。许久，都没有任何回应，等她快要放弃的时候，甲板上终于出现了他的脸。风吹掉了她头上的围巾，围巾在随风飘扬，仿佛婀娜多姿的美人鱼，最终飘落大海。她一手拨开正在风中飞舞的秀发，露出满脸的笑容。她说了些什么，可是被引擎的噪音盖住了，他也大声叫喊着，不知道她是否听到了。

他回到香妃城之后，再也没有见面的机会。再之后，他便结婚生子。每当繁星闪闪的夜里，他总是抬头远望，想起高雄的晚上。

该上路了，也该道别了。

我跨上单车，涕泪连同山竹一起吞下了肚，已分不清老海员的山竹是酸是咸还是甜。

中国

马来西亚

05 『香蕉先生』和他的『香蕉骑楼』

人生最悲哀的事情是什么？出门忘记带钥匙结果把门锁上了！人生最兴奋的事情是什么？不用钥匙徒手也能照样把门打开！

此话怎讲？这要从那天下午说起。

那是个火辣辣的下午，我骑着单车仰着头路观马六甲两边街景，忽然听到一阵呼声，我急忙刹车。低头一看，差点撞到正在门口扫地的老先生。他中等身材，头发花白，扎着小辫子，身穿白色的唐装。

"你好先生，找房间吗？"他笑着用非常流利的英文问我。

"啊——啊——是——是的。"我用中文回答。

"很便宜的，带你进去看看。"同样的表情同样口吻。

"怎么不见招牌？"我还是老样子。

"我们只做鬼佬生意！"他也还是老样子。

片语间，我察觉到他就是传说中的"香蕉人"。

香蕉人，顾名思义，就是外表黄肤色，内心是认同白种人思想与文化的人。现在上了年纪的香蕉人大多是环境所迫，当时华人被帝国列强卖猪仔到海外干苦力，受人鄙视，中国文化也被认为是下层的文化，在这种敌强我弱的社会，改变自身总容易过改变社会观念。所以，好不容易有点钱的父母纷纷把儿女送去读洋校。洋人、洋字、洋文化，久而久之华人便被同化。

香蕉人是一个根与枝的矛盾结合体，是历史背景与环境发展的必然产物，根是地下的枝，枝是天上的根，适者生存，如是而已。这是时代的错还是他们的错？

没错，对于我这个没有见过世面的人来说，在大马这个国度见到老一辈的原装正版的香蕉人，这心情简直就跟见到外星物种没啥两样。

我很好奇地想问香蕉老先生会不会唱《我的中国心》，但从他身上飘来的一阵中国风，却把我打住了。不该问，也不必问。

我跟着这位香蕉老先生走进他祖父流传给他的这间"香蕉骑楼"。

视线随着脚步不断向前逼近，我被这骑楼精巧而古典的装饰迷住了：青砖黄墙碧瓦，对联栏门门槛，地板柜台屏风，雕刻题字，古色古香。但这栋古香古色的中国骑楼里却坐满清一色的欧罗巴人，显得不太协调。

穿过屏风，是一回旋扶手木梯，楼梯的拐弯处，一小片刻的黑暗，过后便上到二楼。

二楼跟一楼简直不可同日而语，古风荡然无存，取而代之的是一间间板房，这条回旋扶手木梯就像一条时空隧道，短暂的黑暗却把我又带到另一个世界。我只听说过天堂在上，地狱在下，如今却在这里被这回旋木梯颠覆。

更意想不到的是，我的房间竟然是香蕉骑楼的唯一一间楼梯间。一张海浪般的床垫，一个跟楼龄匹敌的风扇，以及一个充电就不能插风扇，插风扇就不能充电的唯一的插头，一个只有开着门睡觉才能形成对流气流的百叶窗。

是梦幻？仿佛置身于周星驰电影《国产零零漆》里面看过的丽晶酒店与丽晶大酒店的对比：Oh, shit! 房价22林吉，什么都不送。是现实。

我已经book好房。

安顿下来以后，我背上贵重物品，跨上单车，兜风去了。

荷兰红屋，马六甲的城市中心。一车皮一车皮的旅游团在拍照，到此一游，无聊至极。

地理学家，名字不错却是酒吧。三五成群的欧美游客来来往往，门庭若市，疯狂至极。

唐人街市，热闹非凡琳琅满目。成千上万马来华人的真实生活，不失传统，真实至极。

中国山，自郑和下西洋至今，华人的墓地埋了一层又一层，风水宝地。趁夜色还没有降临，我撒腿溜了过去。静静地呆在那里，只要闭上眼睛，我便坐上了时光机器：郑和船队、峇峇娘惹、香蕉人，感人至极；张开眼睛，古道土坟青冢，夕阳西下，美丽至极。

我回到香蕉骑楼，晚上睡觉都不敢打开窗户，因为窗户根本就没有防盗网，从窗户外伸手可以够到我床头，更直接点的话可以开门。加上N多电池要充电，风扇压根儿没开过，要是被香蕉老先生察觉，他还以为我在他宝贵的香蕉骑楼蒸桑拿呢。

我插上相机电池充电，关上门窗，睡了一会，热醒；换电脑电池充电，走去冲凉，痛快了一会，接着睡觉，热醒；换其他电池，冲凉，爽……

也许是骑车的劳累加上一整晚的折磨，头脑混混沌沌的，

居然在这个时候出来冲凉把钥匙锁在房间里面了。我赶紧在胯下围着条小毛巾鬼鬼祟祟去寻求救兵：楼下门关户闭，喊香蕉老先生没人回答；楼上房门也同样如此，走近还听到清晰可辨的呼噜声。心急之下，动动百叶窗，居然可以轻易抽掉一块叶片来！伸手进去还顺利开了门！

　　早知道买个多孔插排，开着窗户蒙头大睡，所有问题不就"解决"了，费那劲干啥！

　　我收拾好行李，把钥匙丢到柜台的钥匙盒子里，推开高大厚重的骑楼大门。阳光像是解放似的冲进骑楼来。

　　我踏动脚板，不停回头看着那香蕉骑楼，青砖黄墙碧瓦，对联栏门门槛……

　　此时，仿佛又传来那熟悉而陌生的招呼声："你好先生，找房吗？"

中国

马来西亚

我是九品芝麻官骑士

是在离马六甲不远的小镇，有着令我难忘的琐碎小事。

屁股救赎记

一直沉默的屁股啊，今天终于爆发革命了。股骨头像是被座鞍磨尖了似的，坐立难安。不知道是我坐姿问题还是座鞍问题，总之就是这款座鞍不适合我。

我对单车向来没有研究，典型的门外汉，出发前两天才购买到人生第一部山地车。购它完全是看菜吃饭，我对自己的行程进行了费用预算，把蛋糕分成几块，拿着这部分单车预算跑到广州某专业单车店，款式也不看，看了也不懂，就抓个服务员一问这价位有什么车。

服务员反问："组装还是整车？"

鬼知道怎么装，我说："整车！"

服务员挺细心再问："用途是啥？"

唉，这服务员卖单车怎么像是给病人看病似的望闻问切，我只好耐心回答她："骑去东南亚！"

骑去东南亚？天方夜谭。给人的感觉就是一个刚会走路的婴儿爬到体育店买一双跑鞋去参加国际田径锦标赛。

相中了一辆，试骑了一下，掉头问服务员："这车怎么变速啊？"

丑态百出。

尽管我这人脸皮厚，屁股却是明显过薄。

现在才醒悟，不论你的单车是什么级别的，也不论你的单车是什么用途的，座鞍作为跟你身体接触最密切的部件，必须慎重选择最合适你自己的座鞍，单车长途旅行尤甚。

回头是岸，赶紧在附近找个座鞍换了。

我就是在这个小镇遇上林大哥的。我瞄准了他电器维修店前的一棵树，把严重超载的单车靠在树上，跑到隔壁的百货商店买水解渴。回来时发现有个人在盯着我的车转。

"骑脚车旅行啊？"

"嗯——"

"新加坡的？"

"中国！"

"中国骑过来的？"他大喊大叫的，"啊——啊啊——厉害哦！"附近的人都走了过来，问长问短的。

"不过我是从新加坡骑过来。"

他们反应立马平淡下来。

见状，我又补充一句："骑回中国！"

他们又立刻绷紧神经，竖起右手大拇指："赞！"

广告打响后，我便马上"跪求"座鞍。

巧妇难为无米之炊。在马来西亚，多穷的人都弄辆破车来开，大马的单车就像我国的法拉利一样属于稀缺货。这可伤他们脑筋了，大伙在一旁商量了许久，才有了主意。林大哥向我招招手，我锁好单车走了过去，他见状喊："不用锁，我们这里没有小偷。"

管你有没有，安全第一！

坐在他那破烂的汽车副座上，却感觉如升仙般舒爽，我的屁股从地狱来到了天堂。我不停地打着椅子的主意：对于单车来说，椅子太大了，锯掉一边才行；锯掉的一边扔掉太浪费，叠着坐更爽；椅子的靠背再往后倾斜点，不用驼着背骑车；椅子可以调节，靠背放平，座垫拉长，夜里盖个被子可睡大觉，沙滩上脱剩个底裤可阳光浴；在靠背上方装把伞，遮阳避雨；右边扶手放杯浓浓的咖啡，另一边放上一盒糖；啊……一辆专利躺车便诞生了！

忽然一个急刹把我吓醒，原来只是在破车上的南柯一梦，我的专利躺车在一家单车店前化成泡影。

下车一看，令我大跌眼镜，一个戴老花镜的老头正坐在小凳上叮叮咚咚修单车。问他座鞍的事情，他眼镜往鼻梁下一跌，头一抬，眼睛往上瞄了我们几眼，伸手从其中一个蛇皮百宝袋中凑出几款座鞍和座垫来，排列展示在我面前。座鞍就免谈了，拿起一块座垫，居然可以当婴儿尿布，翻到背面一看"Made in China"，他要价2.5元。我说中国也卖2.5元，不过是人民币。

走人！

我们在他的唠叨声中上了车。

猫和老鼠

路上，林大哥跟我说，这里很多东西都是中国产的，贩卖中国商品最厉害的是一位四川妹，人不但聪慧能干而且还懂兵法，她最擅长的就是游击战术，打一枪换一个地方，跟警察玩马来西亚版的《猫和老鼠》：

老鼠总是能取得大多数战役的胜利，但战利品仅仅是一块奶酪蛋糕，混口饭吃罢了；尽管猫总是给老鼠弄得晕头转向，一旦有战利品却是整个老鼠。但老鼠被擒的时候也不是束手无策，最常用的办法是用奶酪蛋糕贿赂猫。所谓道高一尺魔高一丈，猫也有他的敌人——狗，老鼠时常给狗些恩惠或者跟他成为战略伙伴，共同对付猫。猫抓到了老鼠，但还是给狗恐吓判个无罪释放。又所谓一道降一道，家庭主妇尽管很少抛头露面，但发现老鼠盗窃严重的时候也会大发雷霆，给猫下政治指标，这时猫要勤快干活，狗不敢插手，老鼠的苦难日子就要来临。

猫其实是不舍得老鼠的，猫深信老鼠一没，英雄无用武之地，自己就会被家庭主妇赶出家门。猫从此流浪街头，时常怀念着亦敌亦友的老鼠，诉苦道："早知如此，何必当初。只有和谐共处才是永恒之道！"

全剧终！

主演：中国贩子、马来西亚警察

编剧：生存法则

拍摄地：离马六甲不远的小镇

市场：全球同步首映

片长：直到永远

主题曲：《永无止境》

（本故事不是虚构，如有不雷同，实属异常！）

这部破车变成了我的私人电影院，而这场电影似乎也是专门为这趟路程而设计，电影谢幕，我们也回到了小镇。

句子名字引发的惨案

我不慎把夹在我笔记簿上的《马华峇株吧辖区会常年代表大会暨选举》掉到地上，林大哥拾起它，眼定嘴大地问："从哪弄来的？"

人总是在一时半刻之间应付不来这突如其来的夸张反应，嘴便不听使唤地用说谎的口吻报告事实真相："啊……这个啊？我在……在峇株吧辖中华商会……我参加马华工会的会议的时候……就是这样。真的，我没有骗你！"

"你小子不赖啊！"林大哥又大喊大叫起来，"马华工会

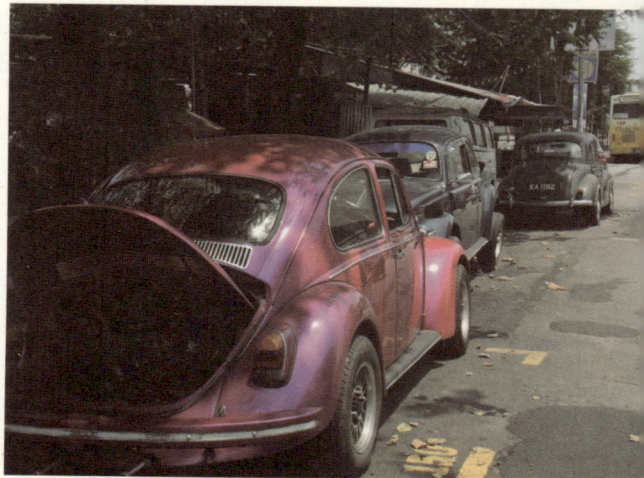

的会议你也参加了！"

附近的人闻讯又靠了过来，同时竖起他们的两只大拇指：
"赞！"

"事情并不是你们想象中那样的，当时我路过，出于好奇便走了进去，结果被他们的主席逮住，我也就厚着脸皮旁听了！"面对他们的夸奖，我也装得淡定，以示我是个见过世面的人，但一时记不起那个句子般长的名字，便翻开笔记簿指着说，"就是他——拿督斯里蔡细历医生！哈哈。"

"蔡细历！"

我接着问："蔡细历？拿督斯里又是什么？"

"拿督斯里是他的封号！蔡细历是他的名字，姓蔡，名细历。"

我又问："封号？封号又是什么？"

"封号就是苏丹根据此人对马来西亚作出的贡献，册封一个头衔。最大的封号是'敦'，但这个封号只适用于皇室成员。非皇室成员最大的封号便是拿督斯里，接下来还有丹斯里、拿督……PJK，最小的称为BKT。马来西亚的国际巨星杨紫琼的封号就是拿督。虽说如此，但册封这玩意儿完全出于苏丹本人的偏好。封号交易已经市场经济化，一者得名，一者得利，皆大欢喜，何乐不为？"

我打个比方："在中国古代，蔡细历是一品，杨紫琼是三品，BKT便是九品芝麻官！"

"差不多是这样。"

"医生是不是职称？

"蔡细历原来是马来西亚的国家医疗部长……"

我压抑不住惊讶的心情："国家医疗部长啊！哗噻，在生我养我20多年的中国还没见过此等高官，没想到在大马短短几天，便与他握手交谈过，缘分啊！"

"哈哈……不过，他后来因为莫名其妙的理由被革职处分，现在企图东山再起。"

林大哥接着说："马来西亚政坛很多事情，搞得我们平民百姓都不知谁戏弄谁，看多了就好像娱乐八卦新闻一样，不新奇了。"

豆干往事

上厕所回来，发现大家围着路边一辆刚来的摩托车，挤得密不透风。看什么热闹呢？是不是出车祸了？我使劲朝人墙钻出一个洞，但马上又被人墙自动无缝补好了，如是钻了几次，

一辆摩托车，三代人，一个豆干传奇。

均以失败告终。我唯有耍赖，在人墙外围大喊大叫。这招果然是王牌，人墙就好像听到"芝麻开门"一样，咕噜咕噜慢慢打开了。随着门缝张大，"阿里巴巴"在门外也看清了里面的"宝物"：青瓜、酸料、豆腐干、调味料。

"吃豆干！"林大哥把一份豆干递到我面前。

"嗯——"热腾的豆干暖胃，冷爽的青瓜解暑，腌制的酸料开胃，这份小食在淡淡的咸味中带丝甜酸，味道非常特别。

"全大马就只有这里有，这里就只有他有。他父亲的父亲卖这个，他的父亲也卖这个，他还是卖这个，是远近闻名的老字号。生意好到不得了，他也不开店铺，也不扩大规模，就是每天开着一辆摩托车边走边卖。"

"为什么？"

"我不知道。我问过他，他也不清楚为什么要这样做。他说他爷爷当年就这样卖了！"

日复一日，年复一年，时代瞬息万变，不变的是世代相传的味道以及对待传统手艺的心态。这包豆干宛如一本史书，冻结一段历史，豆干这热腾腾的烟不但穿街过巷，而且穿越时空；豆干的袋口宛如穿越时空的隧道，把我带到当年豆干老板的摩托车的摊前，我激动地对他说："还要一份！"

取经路上

林大哥见我刚才闹着多来一份豆干，怕我没吃饱，就拖着我去到斜对面的一间茶餐厅。

这时，从厨房里冒出一位刚出水的"芙蓉哥哥"，额头不时有"熟透"的水珠"丰收"，掉落到他捧着饭菜的手上。他赤裸的上身让健硕的肌肉线条暴露无遗，腰间围着一条花花绿绿的马来式浴巾，遮到膝盖附近，脚踏一双唧唧作响的拖鞋正向我们大步流星走来，一副旁若无人且飘逸洒脱的样子。

唧唧作响的吊扇吹出柔柔的热风，将他身上的味道和饭菜味一同飘向我们，说不清甜酸苦辣，这就是"芙蓉哥哥"的招牌咖喱——绝对的视觉和味觉盛宴。

我递过专为此次旅行设计的名片，"芙蓉哥哥"看过名片，表情颇为反常，狠抓住我的手把我拉到高挂在墙上的佛龛下。

难道我触犯了他的宗教信仰？危险！

我慢慢抬头仰望着佛龛，哦……原来是关二爷，这时心里踏实许多。接着发现旁边歪歪斜斜写着的几行字，我明白了一切：身是菩提树，心如明净台。时时勤拂拭，莫使惹尘埃。这跟我名片背面的一首改写六祖惠能大师的《菩提本无树》诗竟然如此相似。朴实无华的店面却因寥寥几字而熠熠生辉。

"'红杏本非树，雪墙亦无苔。生来未入世，何处惹尘埃。'名片的背景图案要表达的内容本就是这首诗，这首诗也是这幅画，真是诗中有画画中有诗。名片以诗为开头道出了主人的为人处世心态，然后是提名、联系方式。而名片的另一面是在一片漆黑的基调下，主人的一声怒吼把黑夜撕开了一个东南亚形状的光明区域，又道出了主人此次旅行的地域，右下角是个性签名。""芙蓉哥哥"一副鉴赏家模样,"不错不错!"

"有缘千里来相会",这句背得滚瓜烂熟的诗句,我第一次有这么深的感触。这该是六祖给我们拉的线吧,阿弥陀佛。

"芙蓉哥哥"接着问我来从何而来,要往何去。

"贫僧来自东土大唐,骑行南洋求取真经。"

"取经路上惊险重重,怎不带上几个徒弟?"

"徒弟们都跟团去了。"

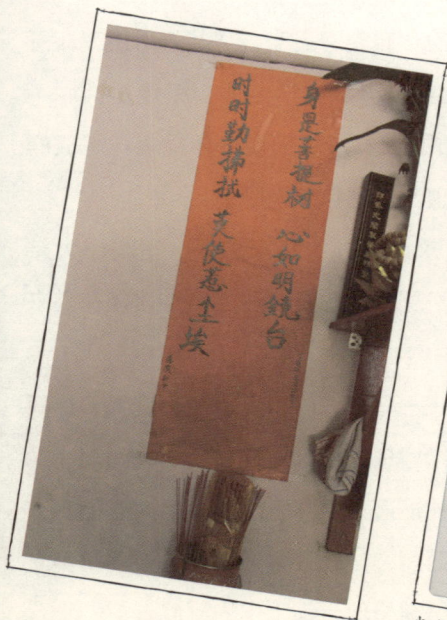

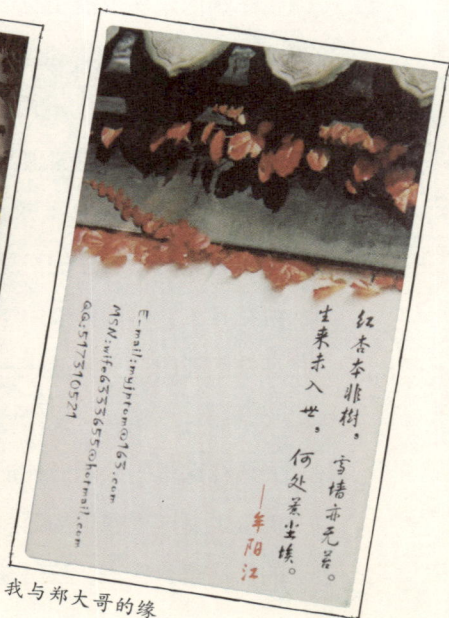

我与郑大哥的缘

语言天才是怎样炼成的

"芙蓉哥哥"听闻我是广府人，便改用白话跟我聊天。他说他前几天刚从澳门回来，博彩旅游赢了约4万林吉。我向他拜师学艺，他说这全凭佛祖保佑，他本人并非赌圣，不过在马来西亚他会经常"买码"。在马来西亚这个全民皆赌的社会，小买小卖实属正常，这类博彩公司遍地开花，类似于中国严禁的六合彩。

我问他是否广府人，他自言是闽南人，但这里的华人基本都懂一些中国方言及英语。我接着问他掌握多少种语言，他一边数我一边扳手指算，结果发现再长多两根手指才够用，"华语、闽南话、广府话、客家话、潮汕话、海南话、马来语、印度语、英语、法语、韩语、日语。"

我怀疑他是马来西亚的"北大屠夫"，"芙蓉哥哥"却直言不讳称他只是中学毕业！十年寒窗学英语，鬼佬对话屁不通。我再次拜倒在他的浴巾下，求取语言天才是怎样炼成的真经，却被他一针见血道出此乃生存环境所迫：

马来西亚的华人主要来自中国的华南地区，呈现出大杂居、小聚居、交错居住的格局，各地方言通过各种途径在马来西亚百花齐放，耳濡目染便学会。

马来西亚的三大种族——马华、马来人以及印度人，也同样是大杂居、小聚居、交错居住的格局，在马来半岛西海岸尤甚。生活在这里的人能三种语言齐驾并驱也就不足为怪了。

英语也是这里通用的语言之一，很多书籍都是直接用英文表达的。法语、韩语、日语则是他当年工作的沉淀。

我尤其对马来西亚这种百家争鸣、三足鼎立的语言环境感兴趣，它们为什么能和谐共存下来而没有出现一统天下的局面呢？首先是这里各民族、各民系对自己的母语都有强烈的归属感以及自豪感，使得各自的语言能够生生不息；还有就是自身对其他民族、民系的认同与包容，使得他们相互学习，满足交流的需要。

学那么多语言不累吗？人总是能根据生存的环境进化出满足需要的技能，这就是进化论。困扰我10年的英文是何人何时最先翻译成中文的呢？他有没有老师，他是怎么做到的呢？

进化论为你一一解开语言的神秘面纱。

防弹衣

早就坐在茶餐厅吃饭聊天的邓大哥并不觉得有什么新奇，他向我保证，让我大开眼界。好奇心牵着我的鼻子，跟着邓大哥的屁股去了。这是一间简单而不寻常的家庭作坊——简单得只有4名员工，儿子负责剪裁，邓大哥本人负责车缝，女儿负责烫洗，妻子负责打杂；不寻常的是，它居然生产马来西亚军用服饰，专做军队的批量订单。作坊里到处可见加工完毕的成品和正在加工的半成品，以及裁缝所用的大小工具。

在这间卧虎藏龙的作坊里听着滴滴咚咚的衣车声，勾起了我儿时的回忆。那时，家乡到处都是这类大小规模的作坊，我是从来不愁穿的，记得表伯公家做儿童西装，逢年过节都给我们小孩子挑一套五件头的西装作为礼物，我小时候的西装多得穿不完，那时的家乡被称为"成衣王国"。时过境迁，家乡已

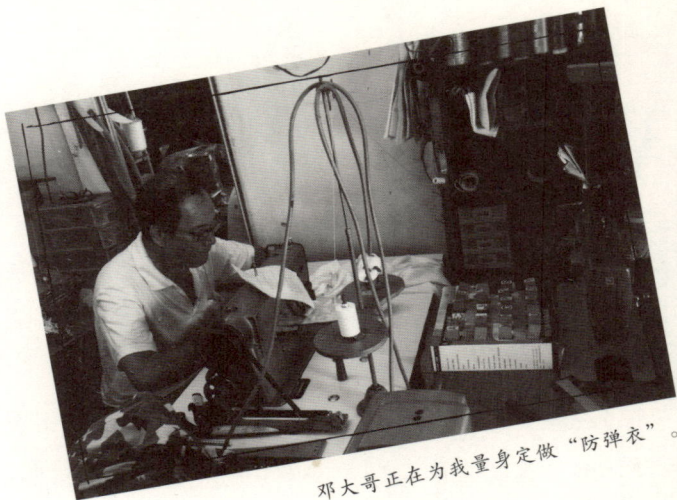

邓大哥正在为我量身定做"防弹衣"。

经没有作坊，也不生产儿童西装，取而代之的是工厂以及裤子，亲朋好友家都是产休闲裤、牛仔裤的，这时的家乡被《法国解放报》称为"世界裤子之都"，但我却愁穿了，因为产的都不符合我的身材，要么就是烈女肥婆裤，要么就是成熟男人裤。正郁闷没衣服穿呢，向邓大哥讨。

"看上哪件随便拿！"邓大哥拍拍我的肩膀，引以为豪地说。

"来件防弹衣，我怕取经路上不安全！"

……

妈妈的绣花机

临别，我的单车变成了食品货车：林大哥的龙贡，"芙蓉哥哥"的人参咖啡，邓大哥的香蕉……哗，是时候在车头装个菜篮了！

"再见啦，九品芝麻官骑士！"大伙嚷嚷。

九品芝麻？怎么就这点官啊？无所谓啦反正经费不多，太贵也买不起。就先超前消费吧，下次见到苏丹本人再付款，"这名字不错，先赊着用，谢啦！"

　　告别他们已有一段距离，我隐隐约约听到后面有人在喊我，我仔细听时声音却消失了。奇怪，是我对大伙依依不舍的错觉吗？可当我继续踏动脚板，声音却又再度传来，我下意识地刹车，回过头，依稀看到一个女子正向我跑来，越来越近了，视线和声音也慢慢清晰起来。她手里不停地挥舞着一块布，披肩的秀发在艳阳中飞舞，樱桃小嘴断断续续喊着我的名字，哦，是邓大哥的掌上明珠，她年龄与我相仿。等到她跑到我跟前时，人已经软成一团，我手忙脚乱地扶过她，单车也随之啪的一声狠狠地摔在地上。外面的世界凝结了，没有半点声响，只听得见她贴在我耳边上气不接下气的喘气声，不知过了多久，她才开始说话。

　　"送给你！"她把一直在手中挥舞的布递给我，"这是我绣的马来西亚LOGO。"

　　绣的？我想起在家里日夜陪伴着巨型电脑绣花机的母亲。

　　空气中吹来一阵风，我情不自禁。我俩对视了很久，什么都没说。

　　我把布系在车把上。

　　风再起时，某种味道又扑鼻而来。

中国

马来西亚

07 热带水果的吃法

"天啊，金榴莲，1公斤50块钱！"这是我在马来西亚听过最贵的榴莲！

回国后我跟友人逛超市，发现泰国榴莲价格跟在马来西亚的金榴莲价格差不多，挑了一个品尝，味道口感却和马来西亚最平凡的路边摊榴莲一样，售价仅为1公斤2块钱！国内榴莲，无限离谱；大马榴莲，我很留恋，别时容易见时难，落花流水春去也，天上人间！

我骑入遍地都是热带水果种植园的区域，骑了10多分钟，才偶尔有一间房子点缀在茫茫绿海间。热带海风不断袭来，绿海翻起层层波浪，房子若隐若现，宛如狂风大浪中漂着一叶孤舟，摇摇晃晃。

这场景本是容易让人陶醉，却令我胆战心惊。

昨晚深夜，我跌跌撞撞才抵达波德申，这一路上碰到最多的是军人，一路上擦身而过最多的是装甲车，一路上看到最多的是军营。

军人也挺热情好客的，装甲车从军营里大摇大摆开出，十几个人全副武装站在车顶，见到我就手舞足蹈地拿着枪指着我打招呼，当然，一路上神经恍惚得最厉害的非我莫属！我乖乖停车，站稳立正，鞠躬敬礼，目送他们远去，捏了一把汗……又停车、立正、敬礼、目送、捏汗。

波德申是典型的组团式规划，几条街一个小区，区与区之间几乎没有任何建筑，只有马路相连，我顿时觉得像进入迷宫一般，团团转。

好不容易找到一家餐馆，一位年龄比我稍大的男服务员往我伤口撒盐：几年前，他的毕业旅行是跟一位哥们儿骑车穿越马来半岛，在森美兰的荒野农场被马来劫匪持刀打劫。他们拿出钱包向劫匪们示意，然后丢得远远的，以便在劫匪取钱之际乘机逃跑，结果这一举动却激怒了劫匪，他们被痛打一顿。劫匪派人把钱包捡回，发现里面的钱少得可怜，他们又被痛打一顿。贯穿马来半岛的丛林公路更是恐怖，鸟不拉屎的地方骑上几天几夜也找不到人烟，其间旦暮闻何物？杜鹃啼血猿哀鸣。最聪明的做法是束手就擒，最最聪明的做法是打道回府。

他的警告我铭记在心，但我认为还有最最最聪明的做法。

显然，最最最聪明的做法就是——勇往直前！

明知山有虎，偏向虎山行，我骑进遍地都是热带水果的种植园。前方路边黑压压一群人聚在巨大的菠萝蜜树下"狩猎"，有一个人首先发现了"猎物"，刹那间十多双闪闪发亮的眼睛盯着我。

"嘿——"全体"猎人"连蹦带跳，兴奋不已向我打招呼。

"嘿，你们好……呵呵。"我心想，准备好上明天头条的感言吧。

"买水果吧，刚从农场运出来的。"他们走上来把我团团围住。

"水果？不是要抢钱吗？"

"抢钱？用水果抢你的钱，愿不愿意？"

"愿意，当然愿意啦，嘻嘻——"我这才觉悟，他们竟是路边水果摊的主人。天底下哪有那么容易成名啊。

我打量着这群人，发现他们都是马华，便惊诧地问："你们住在附近吗？"

"是啊，这是我们村，每家每户都有农场。"

"天啊，你们有土地！我从新加坡骑过来还是头一回看到马华农村呢！"我的视线

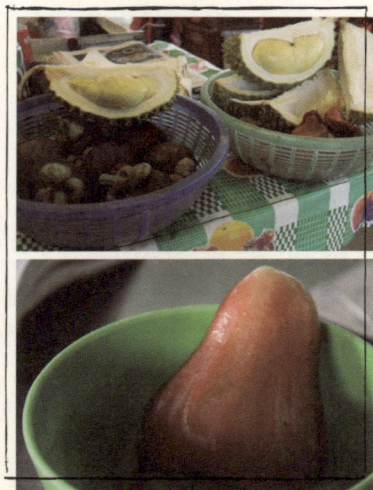

不自觉地移到他们的水果摊上。呼啦啦，品种还真齐全，榴莲、山竹、红毛丹、龙贡、芒果、菠萝、菠萝蜜、香蕉……简直是热带水果展览会的排场，"这水果怎么卖啊？"

"榴莲1公斤2块钱，山竹1公斤2块钱，红毛丹1公斤1块钱……"其中一位村民指着插在水果上的价格牌跟我说，"都明码标价的，不分种性民族，全球统一零售价。"

"这价格不算贵，但也不便宜，跟我一路上吃的价格差不多。"我翻开我的会计报表查阅之前行程记载的数据。

"你说的没错，但我们的水果贵在绝对新鲜。"

"那就先来个榴莲。"反正我又饿又渴，"还有，山竹也给我来1公斤。"

……

"嗯嗯……再来点红毛丹。"我一边吃一边嚷嚷。

大伙都盯着我狼狈的吃相看，"怎么了，怕我吃霸王餐？"我边吃边用手袖抹去黏在胡子上的浅黄色榴莲和黑红黑红的山竹。我出发就没带剃须刀，脏兮兮的衣着，黑乎乎的脸，加上凌乱的胡须，给人的感觉无非就是吃霸王餐的。我也见怪不怪，继续狼吞虎咽。

"哦……呵呵……没有……你吃你吃，只是这吃法得有讲究啊。"

哎，水果拨开皮就吃，还有啥讲究啊？"说来听听！"

"热带水果有湿热跟清凉之分，榴莲、红毛丹、芒果、菠萝等属于前者，山竹、椰子等属于后者。混着吃顺序不能乱，乱来对身体不好，一般的吃法是：清凉到湿热再到清凉。"一位老马华给我上热带水果思想教育课，免费的，"你应该这么吃：山竹到榴莲、红毛丹再到山竹。吃多少都不会伤身上火。"

"哦，原来是热带水果吃法的顺序套餐。"看他意犹未尽，我干脆接着听免费的热带水果吃法课程，"还有别的吗？不要跟我说什么炸香蕉片这些遍地都是的食物，也不要跟我说什么木瓜雪耳糖水这些甜品，更不要说什么椰盅海皇这些不切实际的美食……来点简单易行且有特色的。"

"榴莲饭符合条件不？"

"这名字还真是头一回听说。"

"很简单，就是讲榴莲跟炒饭和着吃。补身的，马来人常这么吃，吃得肥肥胖胖的。"老马华雀跃的心情溢于言表。

"我也给你们介绍一种超具特色的榴莲饭。"

"哦——哈哈——"大家嬉皮笑脸，显然觉得这好比在马克思面前谈哲学，关公面前耍大刀。

"你说的榴莲饭是榴莲和着饭吃，而我的榴莲饭是——咳咳——"我故弄玄虚停顿了一下，"榴莲当饭吃！上火的，我在马来西亚的午餐常这么吃，吃得喉咙呼吸的时候咕噜咕噜作响。"

"哈哈哈哈哈——"大伙捧腹大笑。

聊着吃着，就想起我心爱的荔枝来："你们农场的荔枝还在树上啊？"

"我们这里不种荔枝，不是种不了，而是产量低质量差。"

嘻嘻，这回到我威风啦："跟你们呕血推荐一种荔枝吃法！"我拍干净手上的水果渣，慢条斯理地说。

"什么呕血，不就是咬荔枝皮吃荔枝。"一人自告奋勇回应我。

"哎呀，哎呀呀，恭喜你。"我给点阳光他，"猜错了！"

"刚才你们给我介绍的是'自救式'热带水果吃法，但现在我要给你们推荐的是'自杀式'热带水果吃法——荔枝狗肉。"

"哗！"全场一片哗然。

"我家乡有个习俗，就是在夏至节当天吃荔枝狗肉，所以我们又把夏至节称为荔枝狗肉节。做法是：把狗吊起来，用木棍击打狗的鼻子，一击致命，接着用禾秆烧狗皮，切好狗肉以后放进配好药物的大锅里面熬熟。狗的手续弄好后就弄荔枝，把荔枝皮、核去掉，放在盛满米酒的盘里浸泡，荔枝肉充分吸收米酒后，把整盘荔枝酒倒进狗肉锅里面一起熬……"

"夏至吃荔枝狗肉，真的是自杀咯！"

"上联：狗香酒香荔枝香香传千里；下联：口水眼水鼻涕水水流九天。横批：玉林荔枝狗肉节。"

"啥时候给个这样的机会我们'自杀'啊？"

"夏至来我家！"大家都看破红尘啦！

……

结果，这热带水果套餐，我拿到了免费优惠卷。吃到撑破肚皮了，大伙还硬塞榴莲给我，再吃下去真的变成"自杀"了我。这就是我遇到的马来版《杰米扬的汤》，多美好的食物都要适可而止，否则，日啖榴莲三两个，长辞不做南洋人。

　　继续前行，某日我来到了怡保。来马来西亚已有一段日子，走的地方越多，接触的华人越多，我慢慢发现原来民系总是保持一定稳定性的，居住在马来半岛西海岸的各华人民系，居然跟中国大陆的民系保持高度的一致性：福佬人聚居在沿海和岛屿，客家人聚居在山地和山区，广府人聚居在平地和平原，而怡保、吉隆坡、芙蓉这一片正是广府人的地盘。

　　抵达怡保郊区已是深夜，街道死气沉沉的毫无生气，街上的主角除了饥渴交迫的我，只剩昏昏暗暗的灯光，偶尔在空中飘舞的塑料袋也过来客串一下角色，正发愁找间店铺填饱咕咕直叫的肚子呢。

东拐西窜，灯光越来越亮了，离市区也就更近了吧。

也不知道哪来的吃奶劲，我跨上单车一口气杀到夜市街。"哗——夜茶、海鲜、烧烤……旺过旺角啊！"我顿时忘记了饥饿，东看看西瞧瞧，竟也过了半个小时。我总是这样，每当饥渴交迫，在别无它择时有东西填饱肚子便觉得是天下美味，而在琳琅满目的美食面前还是会挑三拣四。

"哗——前头十字路口那家店太夸张了吧，餐桌从铺内一直延伸到马路中央，好像看露天粤剧般挤满了人。"美食有一条不成文的规律，哪家店多人，味道肯定不错。我眼睛一亮，又疯狂地沿着马路中央骑过去，果断地把车丢在马路中央，有惊无险占到张马路中央的凳子坐下，喜悦地脱下头盔，"唔该……"服务员走了过了，"有咩食啊？"

"老黄芽菜鸡！"服务员指着身上T恤的LOGO。

点了一份芽菜鸡、一杯龙眼冰块凉茶，慢慢叹世界。不要以为怡保芽菜鸡是将芽菜酿入鸡内而得名，它的独特之处，是将鸡和芽菜分别上碟，一碟鸡，一碟芽菜，再配以一碗香滑可口的河粉。芽菜鸡的由来，是因以前一些夜归人，晚上工作完毕，总喜欢到食档吃宵夜，每次总是叫一碟鸡和一碟芽菜，流传下来便成了今天如此受欢迎的美食。

意犹未尽，拍拍旁边一位靓女的肩膀，借投问怡保美食指南之机搭讪两句。白咖啡今晚不敢喝了，明早才是最佳时机，还是买个怡保柚回旅店慢慢消磨吧。

怡保柚跟我的屁股一样大，到三更半夜我才把里面的肉吃掉，剩下的柚子皮用途何在？如果你用"给我切成片烧菜吃"来回答我，显然太浪费了。

我的做法是，用在单车座鞍的座垫上。柚子皮往座鞍上一盖，刚好一个屁股大小，坐着不但清爽舒适，而且还有疗效——专治屁屁痛。也许有那么一天，方圆百里找不到吃的，可以再拿它填肚子。怡保柚单车座垫，长途单车旅行人士的首选。

回到家乡接着开发沙田柚的公路车座垫。

中国

马来西亚

08 修车能手速成秘诀

　　天空露出晨曦，一抹金色的霞光已出现在东方的地平线上，太阳的巨手正把夜晚黑色的帷幕揭开。大地依然在沉睡，人们也都未起。万籁俱寂，听不见脚步声，也听不见犬吠鸡啼。什么都听不见，除了那骑着单车穿街过巷的问路声——

　　"请问，去槟城怎么走？"

　　……

　　"请问，去槟城怎么走？"问路声又一次传出。

　　天未光，是谁打破晨曦的宁静，扰人清梦？如果这时你从床上一跃而起，抓只鞋子奔向窗口，怒视街道，你就会看见一个满嘴胡须、戴着头盔，手拿地图，身穿橙色T恤、黑蓝短裤，背着背包，骑着驮有两个行李包和一个帐篷的单车，走走停停的四眼仔在问路。

"请问，去槟城怎么走？"问路声再次传出。总共四次，得到的答复都是一致的：

"上高速公路！"

高速公路入口处，汽车都来到相应的闸门等候，我骑到收费闸门附近，收费站的辣妹激动地从收费窗口挤出头来，朝我深情地眨眼，似乎在说："等你呢，快点！"

我也绅士般摘下头盔按在胸前，点头鞠躬，口中呢喃："让您久等了！"

靠着私人关系，我顺利通过绿色通道。当其他车辆都还在原地时，哈哈，我已经缓缓前进，先人一步了。

几乎同时，侧后方的闸门一开，汽车犹如跑马地上冲刺的良驹般呼啸而过。

"呀呼——"

在我隔壁赛道的重型卡车司机对着我的耳朵按动震耳欲聋长鸣的喇叭，同时嘴里还不停对我高呼，声音从侧后方划过，随之而来的，还有一阵台风般的气旋。我吓得心里一震，两手直哆嗦，车头左弯右扭的，差点没摔倒在护栏边。等我回过神来，汽车早已在地平线上消失得无影无踪，宽大无比的高速公路上只留下孤零零的我以及依然在我心头回荡的惊魂的声音。所有一切都好像魔术般，不可思议地在瞬间出现，又不可思议地在瞬间消失。

呜——呜——热风在路面掠过，却吹得我起鸡皮疙瘩来。

在马来西亚公路上混得越久，便会越来越清晰地觉得，马来西亚人是没有单车观念的！如果你不重复重复再重复，强调强调再强调"这是脚车哦"，十有八九的人会把单车当成摩托车看待。我一问路，100%的人都会往高速公路上指。还有，马来西亚人炒车就像国人炒楼、炒股一样，举国上下都疯狂的要命，车奴更是数不胜数，而且司机大佬个个都有舒马赫的潜质，问题只是在于车子非法拉利罢了。

"唐吉诃德有瘦马，圣马丁有骡子，切格瓦拉有汉诺，我有单车。冲啊！"我调整好心态，小心翼翼地继续前进。

骑过一段愉快的笔直路段后，前面就是连绵不断的坡路，而且愈演愈烈。刚开始还能勉强骑上去，慢慢就变成骑一段推一段，到最后就只能埋头推车前进，即便是这样，我居然也赶上了大队人马。

"哦嚯！"

看到这情景我顿时就来劲。也许你不相信接下来发生的事情，但这事千真万确：我推车前进的速度居然比重型卡车爬坡速度还快，超过一辆，又超过一辆……

"哟——前头那辆车好眼熟哦，真是冤家路窄。"我体内的肾上腺素急剧上升，连走带跑地往上冲，我不断冲着驾驶室大喊"呀呼！"不断挥手示意他快点，别磨磨蹭蹭婆婆妈妈的。

当"乌龟"遇上"蜗牛"，我倒要看看，看谁窝囊看谁牛！

"乌龟"远远地把"蜗牛"甩在后面，不久后就明白了

"骏马"变"蜗牛"的真相：前方惨不忍睹的连环追尾事故导致公路严重塞车，加上陡峭的坡路，几乎使重型卡车动弹不得。

在高速公路上，钢板包人的汽车司机都显得如此渺小不堪一击，何况人包铝板的单车骑士。在这样敌强我弱的事实面前，我撞汽车是绝对不会发生的，唯有祈求菩萨保佑，别让汽车撞我。

菩萨真的显灵，汽车没撞我！而我却撞上了警车！

我像木偶般站在那一动不动。副座上的警察走了下来，要求看我的护照，接着跟我说了一大堆像英文又像马来文、像印度文又像中文的四不像英语，还手舞足蹈比划着。我听不大懂他具体说了些什么，但是可以猜测到他大概是跟我说，这里是高速公路，不准非机动车进入，前方十多公里处有个出口，叫

我从那离开。我假装听不懂英语，张开双臂缩缩脖子，扁着嘴巴一副无奈被冤的样子，且比划解释我是如何如何歪打正着上了高速的，并表示高速公路简直不是人呆的地方。这时，驾驶座上的警察把审问我的警察叫了过去，后者乖乖趴在车窗边。大概过了一两分钟，他满脸沮丧地走回来，并挥手示意判我"无罪释放"。估计他是被上级教训了一顿："谁说人家的单车是两个轮啦？两个贴在地上的圆轮加上两个悬挂在半空中不断画圆的轮，这是典型的二驱四轮新概念轿车。放行！"副座警察教训完毕还唠叨一句："没文化！"

我一时反应不及，得意忘形用英语答谢："非常感谢，以后不会再犯这样的错误了。"双双握手告别，我又缓缓前进了。

晌午，整条高速公路变成一个奇热无比的天然桑拿房，而我却独自享用，未免太奢华了。这里没有行人，没有树阴，没有路边摊，沉闷的气氛几近让人窒息。一成不变的景色让人昏昏欲睡，风驰电掣的汽车让人胆战心惊。我为什么跟自己过意不去来到这种鬼地方？我来马来西亚的目的是参加国际单车公路赛？还是浪得虚名弄个一两天穿越马来半岛的头衔？

我的现状不容乐观，体内水分不断蒸发，而我却低估了高速公路，老早把水喝个精光，这样下去脱水是迟早的事。贝尔·吉罗斯在《荒野求生秘技》中几乎挑战过世界上所有最危险的环境，教你如何生存，却对骑行不屑一顾。我唯有活学活用，实在不行的话就直接往长袖衬衫上撒泡尿，用衬衣包住头，袖子盖住嘴巴和鼻子。毕竟，此时此刻活着比什么都重要。

随着时间一分一秒流逝，水分也一点一滴地流失，我开始昏昏欲睡，时不时有点幻觉出现，感觉天堂就在眼前。这时，人生的问题又涌上心头，人的一生都行走在前往天堂的路上，在乎的是过程还是结局呢？我嚼着口香糖让头脑自我安慰也无济于事，实在是顶不住了，反人类文明的自救行动随时随地都有可能发生。

前方出现加油站的提示标志，是高速公路上的海市蜃楼吧？我怀疑又是幻觉。深深闭上眼睛几秒钟甩甩头张开，它还在；不可能吧，又闭上眼睛再张开，真的在喔！我就像抓住了救命的稻草，提起自己最后一股劲往那边冲。

"哗——"这哪是加油站啊？这分明是高速公路上的空中花园！"

广场般大的停车场将汽车按照大中小级别从外到里分成三排，排与排之间、车位与车位之间都有绿化带相隔开来。停车场的远方有个出口以及一个隧道口，隧道口直通高速公路另一侧，好给反方向的来车通过隧道进入到加油站。

我把单车停好，没走几步就到了紧挨着停车场的"空中花园"。由东向西的"迎宾大道"直达喷泉小广场，以喷泉为中心被花园包裹着。花园再往外延伸的正北方是整洁有序的水果店铺和形状各异的凉亭；西北角有加油站单间建筑面积最大的清真寺和似乎是女性专用的神秘礼拜堂；正西分三排，最前面的是用餐区，夹在中间的是百货商铺以及餐厅，最后面是家庭旅馆；西南角是五星级厕所；正南是休闲娱乐区。这些别致典雅的小屋错落有致分布在茂林修竹之间，又有清流激湍，鲜花绿草装点左右，天朗气清，惠风和畅，令人心旷神怡。其间人来人往，购物闲逛，拍照留念，谈笑风生，神游其中，怡然自得。

急需补充水分的我当然是往水果摊扑去。"不会吧！这样的价格太划算了！" 我潜意识地拿它跟国内加油站物价对比起来，"怎么可能只比市区同等质量的贵一点？"

在国内，上趟臭气冲天的厕所拐你一块硬币；点份卫生差、分量少又难吃的快餐坑你两张大团结；最匪夷所思的是大堵车时，整整一天一夜动弹不得，天寒地冻，饥饿难挡，一碗滚烫的白粥撒上两片腌制好的生猪肉，端到你面前，老板板着脸大喊："50元！"真让人一边吃一边流泪！

这是一个恶性循环：要价离谱导致顾客越来越少；顾客越来越少又导致他们变本加厉。最终的结果必是冷冷清清，凄凄惨惨戚戚。

我非常乐意接受这里停车场的水果的价格，便疯狂买了一大堆，坐在凉亭下痛快吃一顿。凉亭旁有几个高低不等的水龙头，我怕弄脏人家的地板，也就随便冲洗一番。

一位老马来带着孙子过来，捏着白胡子在我的单车旁转了半天："我在这开店好几年了，马赛地（奔驰）见过不少，这

脚车还是头一回看到呢。得多少钱啊，你这马赛地脚车？"

晕，我差点没笑出眼泪来。

我把单车留在原地给他慢慢研究，拿出厕纸一溜烟享受这免费的星级服务去了。

走出加油站大概1小时后，单车首次爆胎了。

我是出发前两天才购买的单车，压根儿还没学过怎么拆这高科技产品，无从下手。而我之前骑过的最值钱的单车是300元的日本海员车！我把车上的行李卸下，再把它们一件件丢到护栏外的草地上，接着把单车扛过护栏，在草地上慢慢琢磨着这修车的事。

一个摩托车疯子路过见状，不帮忙也就算了，还幸灾乐祸讽刺起来。

嘻嘻——幸好我听不懂马来语！

想来想去，最终选择一套这样的方案：先把车平放在地，接着把刹车制松开，紧接着把快拆拧松取出车轮，然后就是补胎，最后把车轮安装好，上路。我三下五除二就把轮子取出来了，但补胎可就惨了，水容易解决，可去哪找盆盛水啊？

暴露在太阳底下的我急得像热锅上的蚂蚁，苍天啊大地啊，谁来帮帮我啊？我一气之下站到护栏上眺望，发现大概200米处有一个死水潭，连蹦带跑过去一看，我的天啊，泥泞的地面、遍地丛生的杂草加上熏人窒息的臭味，我差点没晕过去。等我捏着鼻子渐渐适应这味道，才发现自己居然忘记带打气筒过来，"啊——"我快疯掉了，仰头大吼却又无奈地再跑个来回……

磨蹭了1小时，终于大功告成。

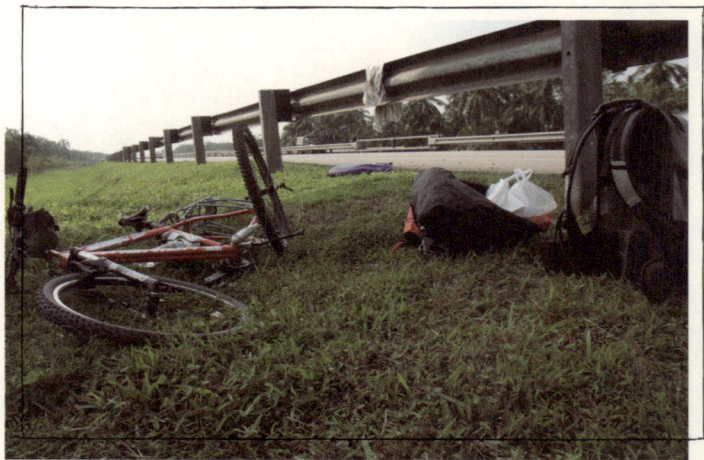

工欲善其事必先利其器，现在器利了，那就接着上路。

乌龟似乎跟兔子和蜗牛很有缘。这不，摩托车疯子焦虑不安地站在他那辆只剩一个后轮的摩托车旁边打电话，地上摆着皱成一团的前轮。哈哈，我不停摇头并且嘴里叽里咕噜跟他说了些中文："报应啊，报应啊！"

他低着头，不好意思跟我对望。

真的就是报应，只过了100米不到，我的单车又再次爆胎了，也是前轮。风水轮流转，又轮到我手忙脚乱起来。

"嘟嘟——"摩托车疯子扛着前轮坐在一个印度人驾驶的摩托车后座上，在我附近停了下来，学着我刚才的口吻说："报应啊！报应啊！"我哭笑不得。

凭借着经验主义，加上专注的精神，这次的工程耗费40多分钟就交付使用了。

摩托车疯子这时也凯旋而归，他双手高举前轮，冲着我发出像李小龙打拳时的叫喊声："呀——啊咋——"

话音刚落，紧接着就听到一个车轮从高空坠地自由落体的声音。我顺着声音望去，只见他整个人懵了似的软绵绵靠在护栏上，那辆单轮摩托车却不见了！

他又哭又笑，又喊又叫，左两步右两步，时不时狠狠踹上护栏两脚，真疯了。他似乎听不清我说了些什么，只见他越想越不对劲地看着我。我耸耸肩，难到我把你的单轮摩托车变没了不成？

我一边学着他说蹩脚的"报应"，一边挥手道别。

因果报应，尘世间真有这么一回事。今天是车胎过年烧鞭炮，哗哗棒棒响个不停。我的车子在北海又爆胎一次，到了乔治城再来一次。一天爆了四次胎。

去到旅馆，拆掉车轮瞧个究竟，外翻外胎用手划过，原来前后轮各镶嵌有一铁丝，我用指甲钳把它们拔掉，才松了一口气。

我可以向你们保证，我已经熟悉掌握补胎这门求生技能了！也许有那么一天，骑车旅行中哪天没钱了，我就在路边撒上几颗图钉，摆上一盆水修车；若是在前不着村后不着店的路段，则明码标价"补胎50大洋"！

愿者上钩！

中国

马来西亚

不知何处是故乡

"啊——救命啊！牙齿怎么白得像陶瓷一样？"翌日醒
来，我对着镜子洗漱，不敢相信自己的眼睛！

"啊——救命啊！手毛怎么白得跟猪毛似的？"我轻轻拔
下一根，放在手心，"啊——救命啊！怎么又变成黑色了？"

魔镜魔镜，请你告诉我，这是为什么？

……

在此之前，我一直信奉生物上的"毛发的颜色取决于毛囊
的色素"，现在的我不得不皈依相对论。

因为晒得实在是太黑了！在额头画上一个弯月就能冒充包
青天！

……

"咚咚咚——咚咚咚——"是谁在敲打我门？

我打开房门，发现房东木头似的立在门口，紧握双手于腹部并慢条斯理地说："先生，您是退房呢还是……"我一看码表，"啊——"

已是中午！

"多住一天！"

实在是太累，睡过头了。

我在槟城住的旅店附近是一个印度街区，出入旅店不可避免要经过一些印度人主宰的街道。一次生两次熟，骑着显眼的单车进进出出，便跟其中的印度人有了往来。

有一次，我在附近的一间印度寺庙参观，一进门就被"众神"吓坏了。怎么形象地形容这场景以及当时的感觉呢？就好像中国一栋栋高耸的商品房，全都住满了人。某年某月的某一天，突然发现世间难得一见的太空人驾着UFO正从此地经过，或许当时有些人正在洗澡，有些人正在睡觉，有些人正在煮饭，有的还带着宠物，男女老少，"绝类弥勒，袒胸露乳"，服饰五花八门，造型千姿百态，几乎在同一时间不顾一切全都冲到自家狭小的阳台上看热闹。"众神"看到我半天摸不着头脑，纷纷讨论我这"UFO"的怪模怪样，估计"外太空"紫外线比天上强多了，人晒得也比咱们"众神"还要黑！难不成这就是印度寺庙的叠罗汉？

看热闹的人在楼上看我，我在楼下看看热闹的人。

其中一个印度人比较"媚外"，陪吃陪喝陪聊且不说，还送我一个花圈。印度人无论白事喜事，有事没事，喜欢挂花圈。

"你送给我的？"

"不！众神送给你的！"

"谢谢！"祝我旅途平安快乐，还是祝我卫冕全马最黑之冠？

但我想这个花圈应该献给宝莱坞的替身演员，是对现役者的祝福，更是对献身者的哀悼。在来到寺庙之前，我经过一排印度迪斯科店铺，欢天喜地、载歌载舞的气氛无孔不入塞满街道的每个缝隙，就连骑着单车的我也顺着节奏扭动屁股。印度电影就像摇头丸一样让印度人终日废寝忘食陶醉其中，但歌舞升平的银幕遮不住丑陋的真相。由于缺乏安全有效的保护措施，替身演员演戏可谓九死一生，跟自杀没啥两样。自杀未遂者更是落个终身残疾，没有保险，没有福利，没有关照，穷困潦倒一生，凄惨至极。《国家地理》就曾经为此拍过一部关于宝莱坞替身演员如戏人生的纪录片。

夕阳奔着我的脸直射过来，我躲进南北走向的暗淡小巷，从极亮到极暗，眼前是一片漆黑。待我眼睛慢慢适应过来，一条阳光大道又摆在我的面前。走出暗淡小巷的刹那，也是踏入阳光大道的瞬间，从极暗到极亮，眼前是一片空白。耳朵的适应比眼睛强多了，最先听到了熟悉的声音——华语，定睛一看，家家户户都在自家门口摆着一个用纸钱堆成的小金字塔，两排金字塔在街道两旁燃起熊熊烈火……一个华人社区慢慢呈现在我的眼前！

是什么传统节日吗？我查阅农历表却又无甚迹象。这个问题深深吸引我的脚步，使我不由自主地继续前进探个究竟。三五成堆的顶天立地的大香烛，表面缠着条白毛、绿须、绿角、青橙黄红四色鳞身的盘龙。这些香烛如此庞大，以至于只有大地才配做它的香炉。更往上，色彩斑斓的三角彩旗密密麻麻地高挂在街道两旁迎风飘扬，在阳光照耀下显得光彩耀人。

夕阳把这些本身就大得难以置信的物体拉扯得更加大，大得不可思议，渺小的我站在由两排熊熊烈火挖成的壕沟中，仰望着这些庞然大物，仿佛来到了巨人国，完全被它们这些大得不可思议的阴影所吞没。

大地异常宁静，所有这些元素加起来正预示着一场盛大的节日庆典即将狂风暴雨般袭来。为了不错过这场盛会，我现在必须要做也是唯一能做的事，就是四处打听这是个什么盛会。

我来到附近的一间茶餐厅，挑个边上吵闹的餐桌坐下用餐。用餐是假，探风才是真："今天什么节日啊，那么大的排场？"

"中元普度啊！不会吧，这都不知道，还算是华人吗？"众人从我的衣着打扮、行为举止之间似乎看出了破绽，便不再追究。

"鬼节？但今天才是农历七月初一，鬼节不是七月十四或十五吗？"

"没错，就是鬼节，但我们会在整个农历七月都有祭祀活动！"某人给我一个马来西亚中元普度的定义。

"在中元普度期间，即从农历七月初一至三十，槟城天天有戏。"一人接着勾勒出中元普度的轮廓。

"中元普度仪式通常以街区为单位进行，在200多个华人街区中，各街区的普度仪式不尽相同，但是，祭拜面燃大士和演戏酬神的礼俗是一样的。"另一人给中元普度上色。

天啊！我不敢相信自己的耳朵，槟城人肯定都疯了。在国内，民间最热闹的祭祀节日也就清明以及重阳，不过几天的事情。就算是最重要的春节，耗时也只是槟城鬼节的1/2。巴西狂欢节，见大不见长；粤西年例，又长又大却断断续续。试使世界各地节日，与槟城鬼节度长絜大、比姿量态，则不可同年而语矣！

马来西亚民间中元普度是建立在对华人文化底蕴影响深远的信仰体系上，即儒、释、道的融合，是儒家的祭祖、祭厉的原型和道教的中元科仪、佛教的盂兰盆会的兼容并蓄。华人常把中元普度称作"庆赞中元盂兰胜会"。槟城的中元普度是马来西亚最热闹、最典型的节日。

"整整一个月都有活动！不愧是节日中的王中王！"我双手竖起大拇指，由衷的敬意。

很容易地找到临时搭建的神庙以及戏台。戏还没有开始，我便先打起神庙的主意。神庙人来人往，香火不断，热闹非凡。神庙由面燃大士坐镇，他焦面大腹、瞪目獠牙、口吐火焰，是金刚鬼王的造型，头上还有一小尊观音本相。"面燃"即饿鬼之称谓。佛教认为，人死了轮回饿鬼道的众生是因为贪婪变得肚大喉细，吃食物时口吐火焰，食不下咽。根据《法华经》慈悲观音为了普度众生而化身千百亿的说法，观音即现鬼王身，在人间维持秩序，以教化饿鬼，也度化众生。另外，还告诫人们不宜动贪念，以免死后堕入饿鬼道，成为"面燃"的眷属。

佛教寺庙跟功德箱已经演化成众多固定搭配之中的最佳搭档。我之前见过的功德箱几乎无不例外都是捐资建庙的，而现在见到的这个却是用来捐资建华文学校的。至于哪个更好就见仁见智了，但我始终认为教育对于一个民族来说比任何东西都重要！烧香礼佛是心灵的寄托，捐资建校则是寄托的保证。

戏台上，道具布场；戏台后，化装试镜……戏班还在为今晚的演出做最后的准备。向一个只说不干活的"大喇叭"打听，原来他们是汕头过来的演潮州戏的，这几天在这个社区，过几天搬到另一个社区，如是反复，直到中元普度结束。"大喇叭"反问我为何出现在这，我的回答是："我是你们戏班的忠实粉丝，专程从中国赶来看你们演出。"

读着字幕，看着戏曲，我站在戏台下，细细品味这中国传统节日的传统戏曲，不知身在异国。

尘间走过，镜里空花谁是我。角色纷纭，哪识沧茫梦里身？人前面具，为掩真情遗假语。天地之心，应有悲欢一样深。

有人说戏如人生，有人说人生如戏。我们在人生的舞台上，不管是台前或是幕后总是扮演着不同的角色，戴着各样不同的脸谱，演着不同的戏；无论是哪一出戏，总有一个角色是最适合自己的。

幕前幕后，一样的人上演着不一样的戏。

在中国本土传统戏剧的一片衰落声中，槟城的这些一直被强势文化所挤压的华语戏曲剧种，始终没有泯灭其生存智慧，长期以来顽强地生长着，而且保留了更为完好、更为纯粹的戏剧文化传统。中元节演戏酬神的传统由来已久，沿袭的是祖先流传下来的宗教文化习俗，它是当地华人信仰生活的重要组成部分，也是马来西亚华人族群在多元文化、多元宗教的本土社会里一个具有传统色彩的文化符号。

　　华人先民早年南下马来西亚开荒拓地，他们赤手空拳，寄人篱下，备受折磨，因此，以家乡戏为代表的文化情结，成了他们战胜困难的意志上的支撑，既可以填补简单而空虚的精神生活，也可抚慰离乡背井的痛苦和寄托对家乡的思念，还可以满足祭祀的需要。先人在开荒拓地的过程中常常要面临死亡的威胁，于是便产生了替自己安身安心、替先人安魂归位的信仰需要，特别重要的是对于一些非正常死亡的"好兄弟"的安抚，并供以戏剧、香花、灯明、饮食、衣服等给佛、菩萨、神道及亡灵，以取得沟通和庇护，既救度亡灵，超脱痛苦，也令已轮回苦海的生命，包括生者因超度而得到功德福报。从这个意义上说，演戏的目的就在于酬神、娱神、媚鬼了。

　　再过100年，一年365天，每天都是节日，但到底又有哪些才真正属于自己呢？

　　回味着这些在中国已经消失的或正在消失的传统元素，我却浑然失去地理概念，不知何处是故乡。

台上台下，不一样的人上演着一样的戏。

中国

马来西亚

10 缘

"My friend（我的朋友），我们又见面了！"

从乔治城搭渡轮过北海往北已经走了十多公里，一个头戴头盔的摩托车骑士从我身边掠过，紧接着放慢速度，与我并行。

我惊讶而惘然若失，不知所措。

"My friend，你知道吗？前两天晚上我下班回家，在乔治城的Feri Terminal（渡轮码头）准备上渡轮过北海时，你刚好从码头走出来，我们擦肩而过，我使劲跟你打招呼，可惜被一窝蜂摩托车的嘈杂引擎声盖住了；次日下午，你在槟城骑着脚车经过我上班的地点，我在办公室看见你，便用力地拍打着厚重的玻璃，可惜无济于事，我们第二次擦肩而过；今天早些时候，我在北海市区老远发现你，我一边大喊一边开足马力追过去，但鬼节就是那么倒霉，前后轮同时爆胎了……"他说话时精神焕发，如数家珍，越说越有劲儿。

"同时爆两个啊？厉害！我从怡保骑车过来，虽然一天爆了4次，不过我这只是连环炮，一次一发。"

我嘴巴在对话，眼睛却在打量着他，他应该是华人才对，但为什么用英文跟我对话呢？该不会是峇峇娘惹吧？在这地方应该比较少。难倒是"香蕉人"？看气质又不大像……

"你知道，这破车修了老半天……哈哈，前面就是我们村了，要不进来坐坐？"

"啊——哈——不用了，我赶时间，谢谢。"我在马来西亚不止一次听到华人警告不要随便进土著人农村，很容易发生意外事件。我发自内心想去探个究竟，但这位My friend是什么背景，我不得而知，便不敢轻举妄动，带着不是发自内心的微笑推掉了。

继续骑车前进。

在码表显示的61.46km处，我又钻进路边水果摊狂吃山竹。突然，熟悉的声音从一辆停在路边的破旧的士上传来："My friend！"他兴奋地走下车，依旧是那种亲热的口吻，"我们又见面了！"

"哈哈，没想到在这里又见到你！"我伸手数数我们相遇和未遇的次数，刚好一个巴掌。

"是啊，太巧了。我昨晚上夜班通宵，刚才回到家里立即抱头大睡，半睡半醒却被亚罗士打的朋友吵醒，现在正赶过去。路过这里时，我发现靠在树边的脚车，停下来一看，呵呵，果然又是你！"

接着，他给我看一本他在新西兰骑行的相册。我们又谈了很多关于新西兰、马来西亚、中国骑行的话题以及对骑车旅行的理解。越谈越来劲，我恍然大悟，原来是知己！

佛说，前世五百次的回眸，换来今世的一次擦肩而过；前世五百次的擦肩而过，换来今世的一次相遇；前世五百次的相遇，换来今世的一次相识；前世五百次的相识，换来今世的一次相知。我们不知前世要用多少次的回眸，才能换来此时此刻的一次相知！

他说要顺路载我一程，送我到黑木山过境泰国。

我静静地坐在风驰电掣的车上，吹着扑面而来的热带海风，内心却像安达曼海般无比澎湃，感觉自己从远古时代一脚踏进了现代社会。那种说不出来的滋味和难以用语言形容的快感，至今让我回味无穷。只有久经地狱般的磨难时偶遇突如其来的甘露，方能体会。

我心里痒痒地想问他的身份，却不好意思开门见山问，于是便拐弯抹角："My friend，怎么称呼你？"

"我姓林。"

"林？那你应该是华人咯？"

"是的，不过我是马来华人穆斯林。"

一路上，我们展开"谁是真正华人"的争论，马华、香蕉人、马华穆斯林，还有拿着中国护照的我……

汽车就是快，转眼间就到了马来西亚边境。我和林大哥互相拥抱，依依不舍告别了。

什么是缘分？有人问隐士。隐士想了一会儿说："缘是命，命是缘。"此人听得糊涂，去问高僧。高僧说："缘是前生的修炼。"这人不解自己的前生如何，就问佛祖。佛不语，用手指天边的云。这人看去，云起云落，随风东西，于是顿悟：缘是不可求的，缘如风，风不定。云聚是缘，云散也是缘。

泰国，骚乱离我远点

　　泰南四省一直为建立一个独立的穆斯林国家而斗争，这刚好是我北上的拦路虎！出发前打听到泰国东北部与柬埔寨争夺帕威夏寺而大动干戈，两国紧张局势升级，真是危机四伏！入境时，正好碰到泰国军队在小心谨慎地搜查出入境的车辆，要警惕警惕再警惕！进入泰国境内后，更是在各地看了不少露天的政治演讲，看来骚乱离我很近，真的很近！更近的是，我偶尔还在机关枪下睡去，幸好相安无事。我就是在余晖中游历了泰国，搞不懂是我福星高照还是失去我这颗福星庇佑，总之在我离开泰国的第二天就发生暴动了。

中国

泰国

11 泰南婚礼

我昨晚险些失贞！

天晓得，一个长期独自流浪的单车骑士身陷纵情声色的天堂到底能坚持多久。要不是这些十面埋伏的青楼女子看到我衣衫褴褛的外表加上困惑无助的眼神，我肯定是在劫难逃。

与其说此地是一个边境口岸，倒不如说是名副其实的烟花之地！白天，真枪实弹的军队在口岸严防死守，兢兢业业；一到了晚上就全部拜倒在石榴裙下，溃不成军。这里，没有人为废墟而来。

曾经就有一个声名狼藉的旅行老手以此写过一本性旅行"圣经"，教你如何在泰国等地如鱼得水。

走过路过岂能错过？那就痛痛快快风流一晚！别开玩笑了，鬼才知道她们是男是女，别忘了，这里已是泰国。

十年一觉扬州梦，赢得青楼薄幸名。

第二天清早，我垂头丧气撤出这个死了般寂静的天堂。

离开此"改革开放"的天堂不久，我便摇身抵达"闭关自守"的天堂。

满园春色虽关住，欢天笑语出墙来。里面到底发生什么事呢，使那些人笑得那么开心？

我爬上围墙偷窥，艳丽的黄绿两色把人群清晰地划分为两大阵营。有些人拿着椰子壳、有些人穿着椰子裙……现场演奏着优雅的热带旋律，两大阵营之间载歌载舞地你一曲我一曲，这气氛让人觉得是在进行集体歌舞对垒，但场地布局却不大像。

一声哨响，两大阵营中各有五六个人走向场地中央，哦，原来这里正在进行一场村级排球比赛。不就一场排球比赛嘛，用得着打扮成这样吗？这热带旋律应该就是球队的动力，虽然听不懂他们在唱些什么，但我百分百肯定绝不是单调乏味的"XXX加油，XXX必胜"之类的呐喊助威声。

　　再反观自己骑车旅行时的模样，整一个浑水摸鱼、掩人耳目借此打入当地的国际特务。相形见绌，惭愧惭愧。

　　一路向北，区区几十公里便能领略到泰国各星级加油站的丰姿。一星级加油站，一把太阳伞下，摆上一大桶油，再在旁边搭配一把秤，专卖散装油，购买请自带容器；二星级加油站，盖个草棚，店铺门口摆个阶梯货架，上面放满了大中小级别的瓶装"可口可乐"，专卖瓶装油，购买后记得归还可乐瓶；三星级加油站，搭个铁篷，还是一大桶油，油桶上方多了个手动抽水机，桶壁还附有一条有刻度的透明管，要多少是多少，抽油前务必记好油桶的刻度；四星级加油站，跟国内加油站的加油机差不多，不过它是自助式的摆在街头巷尾处，需要时请先刷卡，用完后记得挂好输油管；五星级加油站，终于看到类似于国内加油站般的设施，几台加油机组成的加油区，加上后方搭配的一间店铺和一间汽车美容店。

　　马来西亚是水果摊称霸路边的场面，在泰国变成了加油站称霸路边。单车虽然不烧油，可这单车的"引擎"也不是一盏省油的灯。

推开店门，嗡嗡作响的风筒声搅拌着嘻嘻哈哈的谈笑声，连同怪声怪气的歌曲声一道瞬间包围住我，摆在我眼前的景象是按摩、化妆、洗头、烫发……

泰国人真是爱美的民族啊！不会放过任何机会打扮自己，哪怕是在加油站。

我呆呆站在门口中央一动不动。一个打扮妖艳的服务员走过来，双手合十拜了拜我，我的眼光已经紧紧盯住店里的一台饮水机，却不好意思开口要水，于是来个顺水推舟，一边虔诚地回拜她一边微笑地说："剪发！"

当然，剪发其间，那位服务员拿着我的水杯不停地往返于理发台与饮水机之间，忙得不可开交。既来之则安之，顺便来个泰式按摩，麻木劳累的筋骨顿时轻松自如。啊！此间乐，不思蜀！

看着悬挂在店铺门口内侧招牌上酷似电脑乱码般的文字，想必那是写着"欢迎你再次光临臭美发廊"。

"加满油"后，单车引擎转速明显加快，有种脚底生风的感觉。这种感觉很容易让人丧失时间观念，整个人淹没在无穷无尽的空间中不停前进。

不知又过了多久，荒凉的路边隐约出现一片很新的蓝绿条文相间的休闲遮阳篷，应该有人烟吧。再近一点，看到花花绿绿的彩条装饰着整个遮阳篷，好像是过节。越来越近了，遮阳篷前停下一大堆摩托车，一对衣着圣洁的新人从帐篷走出，迎接新到的来宾，哗，原来是婚礼！

我既兴奋又紧张，要不要进去看个究竟呢？我拿什么理由进去？进去要不要送上贺礼，我有什么贺礼可送？婚礼上会不会有什么禁忌，应该如何面对这些异域问题，最后又如何脱身？待我把这些问题统统理顺，单车已经远远地抛离婚礼现场。我已经暴露目标，要不要掉头？死就死，去碰碰运气吧！我深呼吸一口气，又缓缓往回骑。新郎新娘还是在门口迎接络绎不绝的来宾，我极力张大眼睛东张西望，嘴巴自始至终保持"O"型，全力打造出一个惊喜若狂的形象。"擒贼擒王"，我走到新郎新娘面前，拜了拜他们，伸出大拇指，嘴巴、眼睛同时呈现"O"型，眼珠差点没掉出来。

　　"哗——你们今天打扮得真漂亮，是在哪里弄的？"
　　"前面路边的发廊。"
　　"呀呀呀——我这个也是！" 我激动地说，"祝贺你们！婚礼真热闹！能否拍两张照片？"
　　新郎新娘先是回拜我，然后对望了一下，过了决定命运的几秒，终于回过头看着我难为情地点点头答应了。
　　我非常高兴他们能够答应，又是回拜，又是握手，又是拥抱……接着他们继续忙他们的，我则在里头拍照。东一张西一张，又跟席上的来宾来个眼神，这边走走那边遛遛，又跟新人的家属搭讪两句，以博取群众的认同。
　　这招连环计果然奏效，新人的父母连拉带扯，硬要我上座。我假装推辞："没有现金贺礼，没有黄金饰品，什么都没有！"一副难为情的样子。这时新郎新娘也过来拦住退路，又

随风而去

不知从哪里冒出个酒鬼，踏着醉步，一手拿着相当于二锅头的"HONG THONG"，一手挽着我的肩膀，嘴巴贴着我的脸不断冒出酸臭的酒气："不吃就是不给面子！"

……

我孤军奋战，被重重包围，已插翅难飞，只好从命！

他们居然安排我自己坐一席！整席饭菜都是我的！

反间计？

我拿着自己这桌的饭菜与周遭的人分享，吃一口这个，眯眼点头，竖起大拇指；尝一块那个，伸出舌头，做个鬼脸……总之任何动作以及表情都要夸张化，极具戏剧性。更最要的是，不能埋头狼吞虎咽，要吃一阵、聊一阵，顺便做点笔记，时不时目视四周，走来走去，帮人拍照，显得兴奋满足的样子。

一条不二法则是，无论饿到什么程度，都要始终给人感觉自己是在品尝，而不是几天没吃饭那样狼吞虎咽。中间入场，中间离场，见好就收！

吃得差不多的时候，我指着手表，拍拍肚腩，他们还想叫我等等，送些什么给我。不用麻烦了，我在赶时间，东方公主呼唤我，美女需要我，骑士很忙的。

……

路边的电线发出叽叽喳喳的电流声，路上的汽车排出令人发呕的尾气，后面的狗群还在不断追赶着骑车的我，夕阳剪下了路上的风景。

中国

泰国

12 我和尼姑有个约会

阳光透过茂密的雨林，落下斑驳的光影，风再大也是钻不进的，只是从雨林的头顶掠过，温柔地拨动着雨林的秀发，光影随之在地面上闪动。

过湿的跟过干的空气一样，可以令人脱水。在这样的环境下骑行，容易令人极度疲倦，我能做的只是不断地停下休息，保持体能。

山路边有一间颇具热带海岛风情的高档餐厅，放眼望去，餐厅没有大厅，只有一个个用椰树和芭蕉叶搭建成的独立亭子，每个亭子下有用参天大树一刀砍成的餐桌和凳子，亭外的回廊弯弯曲曲，把这些亭子连在一起，方便行人来回穿梭。

我气喘吁吁地推车爬坡，走到了最近马路边的亭子。这个亭子里有两张餐桌，其中一张看起来像是被一家三口的家庭占用，一对中年男女跟一个身穿白色衣袍的身材高挑的尼姑姐姐，我向他们双手合十打了个招呼，找一个无人的凳子坐下休息。

尼姑姐姐细声细语对他们说了些什么，然后中年妇女就邀请我一起就餐。不会吧，这种事怎么老发生在我身上，我真的长得那么可怜不成？我难为情地谢绝，但是却被牛高马大的中年男子一把按在凳子上。

椰汁炖海虾、咖喱螃蟹、清蒸海鱼、韭菜炒贝肉……哗，全部都是海鲜啊！面对如此勾魂的排场，那条"无论饿到什么程度，都要始终给人感觉自己是在品尝，而不是几天没吃饭那样狼吞虎咽。中间入场，中间离场，见好就收！"的不二法则早已被我抛到九霄云外。

尼姑姐姐看着我狼狈的吃相，时不时害羞地遮嘴低头偷笑，只留一双媚眼偷窥我。哎呀，我都不知道如何面对了，手不听使唤般不停地往嘴里灌饭菜。很快地，我吃饱了，但出于礼貌，我把留在碟里的最后一点饭菜扫光。女的见状，马上给我添饭加菜，男的大力拍我的肩膀为我助威，更要命的是，尼姑姐姐又来一个招牌媚眼，哎呀，我这手又不听使唤地来回忙碌于碟子与嘴巴之间，直到任务完成。

他们再来，我再扫光……

我的思维习惯是，为了表示主人精心准备的饭菜好吃，必须吃光。有剩饭剩菜则表示这顿饭不美味，客人没有胃口。

他们的思维习惯是，吃光主人给客人盛的饭菜则表示此客人还饿，所以又给客人添饭，直到客人碟里有剩饭为止，那才表示客人已经吃饱。

幸好在快撑破肚皮的那一刻，我大彻大悟：留点饭菜在碟里，摸着肚腩心服口服地缴勺投降。

我很好奇地问："这样不是很浪费食物吗？"

"浪费食物？"尼姑姐姐不同意我的观点。

食物终究逃不出食物链的束缚，大自然是不会浪费丁点食物的，人类所有一切对食物的态度，都只不过是人类的道德心在作祟而已，这就是食物的宿命。

吃过饭后，中年妇女邀我到他家暂住几天，但现在先要送尼姑姐姐回寺庙。由于尼姑不可以与异性同坐，她坐后座，我只好和她保持一定距离，与拆散的单车一道挤在离她不远的尾箱。

我对僧人化缘极为好奇，于是拍拍尼姑姐姐的座椅后背问她。

原来，泰国寺庙是没有厨房的，也就是说泰国和尚不懂下厨，僧人要天天早上外出打包或叫外卖，俗称化缘。外出打包见多不怪了，至于这叫外卖嘛，就是香客自觉地送饭菜到一些偏远的寺庙。

而我们现在正是送外卖去寺庙。

化缘问题有点老生常谈，便聊些培养感情的话题："董里附近有什么好吃的吗？"

她又是笑嘻嘻的样子："董里以咖啡馆而闻名，这些店一般都是中国福建人经营的，供应真正的过滤咖啡，在这里点咖啡时，一定要用福建话ko-pii，而不是泰语kaa-fae，否则你会喝到像雀巢速溶般的咖啡。店主出于礼貌，通常会认为那才是老外想喝的玩意儿。"

虽然一路上我已经喝咖啡喝到失去味觉，但我还是愿意奉陪："既然如此，那今晚我们去咖啡馆如何？"

"我们僧人一天只能吃早餐跟午餐，所以今晚恕不奉陪。"

见计划流产后，我再接再厉，总想想个办法把她约去玩："好玩的呢？"

"斋节啊。信徒认为他们在此期间有神灵附体、刀枪不入，故上刀山下火海，鞭打自己的肉体，用尖利的神物刺破身体的每一寸皮肤，整个场面洋溢着狂热的气氛，每个人都流着鲜血，做着怪模怪样的动作，穿街过巷游行，借以降妖除魔、风调雨顺、国泰民安。"

我是醉翁之意不在酒："那什么时候去看热闹？"

"中国农历九月初一到初九。"

我要是呆到那个时候，签证早过期了。雨打在路边的芭蕉叶上，隔着车窗，依然能听到撕裂般的哭声。

经过一段漫长的令人不愉快的颠簸的泥路，终点站到了。

这地处荒郊野岭的寺庙极为简陋，一座大排档般的铁皮庙宇，一间阴暗的小山洞禅房，一块空得不能再空的空地，几个褪色的神龛，一个老和尚、一个小尼姑、一只大狼狗、一窝小鸡鸡，仅此而已。

刚下车往"大排档"走，却怎么也找不到尼姑姐姐，问过才知，原来是干活去了。

泰国一般没有独立的尼姑庵，尼姑与和尚同在寺院修行，

由于没有名分，她们常被禁止参拜佛祖圣物，还要听和尚的号令，往往成了寺庙的"勤务兵"，每天打扫卫生、洗衣做饭，很多下层尼姑几乎没有修行的时间，更别说参与寺院管理了，寺院行事决策权都被住持和尚牢牢地掌控。有些乡村尼姑是因不堪丈夫家庭暴力而出家的，想不到在寺院却仍逃不过受人指使的命运。对此，有的长老却说，这是上辈子的"报应"，劝她们"认命"。

泰国的僧人是有等级之分的，最小的是小沙弥，还不算是僧人，他们要到20岁才能剃度，成为真正的僧人。小沙弥只守戒10条，和尚要守戒220条，而尼姑守戒更多，但是享有的权利却最少。毫不客气地说，尼姑是僧人社会中的奴隶阶级。

老和尚说这寺庙所有一切都是香客送的，我笑他这里还是原始社会，都啥年代了，还不抛弃"送来主义"，改奉"拿来主义"。

"照阿瓦（老和尚），你有道灵光从天灵盖喷出来，你知道嘛，看你'聪明绝顶'，简直百年一见的商业奇才啊！如果有一天让你打通任督二脉，你还不飞黄腾达？正所谓我不入地狱，谁入地狱……带领全球僧人走向共同富裕这个艰巨任务就交给你了。

既然我们那么有缘，我这个香客就呕血向你传授我这本无价的独门秘笈《佛的套餐》：

人生套餐：出生起名、逢年过节作法、超度亡灵、供奉灵位。

旅游套餐：景点门票、烧香油钱、捐款积德、卖纪念品、寺庙酒店。

测算套餐：看相算命、拜佛求签、卖平安符、"圣物"开光。

……

人才不够可以高薪招聘，市场火爆可以跨国连锁。"

"还有吗？"老和尚问到。

"有！我跟你交换，你骑我的单车到东土大唐求取开发佛教市场的真经，而我则留在此处，跟……"

阿弥陀佛，男女授受不亲，罪过罪过。

13 穿耳环的男人

寄宿在一户泰国人家中，实在是受不了整天坐在地板上进餐的感觉，盘腿而坐本身就累，取食物时又要身体前倾，刚进肚子的食物马上被挤压上胃里，胃胀肚空，像是消化不良，难受。

某天清晨，大伙还没睡醒，我便写张纸条留言，以表示感激之情，随后拖着疲惫的身躯潜逃溜走了。

我这个人啊，骑行久了就爱偷懒，过去三天打鱼两天晒网，现在好了，有了泰国"农药"，一瓶就顶红牛五瓶，物美价廉、款式齐全、任君选择，有灭鲨鱼的、有灭大象的、有灭老虎的、有灭老牛的，还有灭老鹰和蜜蜂的。自从我一天喝一瓶后，头不晕了，屁股不痛了，骑车也有劲了！

在泰国骑车有个好处，就是无论灌多少瓶"农药"都不用

上厕所，完全没有后顾之忧。如果嫌"农药"的水分不足，还可以到路边的瀑布、温泉自取，方便实在。要是喝多少水都不能降暑的话，那就在路边的凉亭休息，这些凉亭中有的居然还配上地道小吃、厕所、水龙头甚至电源插座，超人性化！更不可思议的是，时不时还有警卫免费为你保驾护航，超五星服务！

百分百为骑士量身设计！

可这一旦到了旅游景区，就完全变了样。

在"泰国桂林"甲米搭船去声名狼藉的屁屁岛的途中，就可见一斑。那些鼓吹自己有快艇飞往地狱般天堂的旅行社，完全是信口雌黄。他们压根没有快艇，只是用嘟嘟车把你载到偏僻的码头——klong gilad pire，交给快艇公司了事，从中收取高额的导游费。无论你是从甲米到屁屁还是从屁屁到普吉等，都是如此。

只是区区的200B小费，不要紧？

别开玩笑了，早知道那样，我就在密林梵音、晨钟暮鼓的深山陋寺让老和尚给我剃度出家，不但可以化缘燕窝、免费搭快艇，还有机会成为后现代的玄奘。

把单车扛上山顶露营最好不过了，一者屁屁岛一望无际的海景尽收眼底，二者万一海啸再度光临也拿我没辙。可我毕竟不是力拔山兮气盖世的项羽，只好认命做个羔羊，任由旅店和餐厅的宰割，唯一能做的就是扮得可怜些，希望博取店主的丝丝同情。

"……不能再少了，要知道在屁屁岛这已经是对你们这些流浪汉开出的化缘价！"一位穿耳环、束长发的老板上气不接下气地回答我。

一张跟蚊子们同床共枕的大床，一间被我开发成洗车房的厕所以及一个用来面壁思过的屏障阳台，250B一晚。

"巴嘎鲁（日本人）？高丽（韩国人）？"老板问我是哪里人。

"真（中国人）！"

在背包客的地盘，长着一副典型东亚面孔的我总是被这样的次序问国籍，而在星级酒店，则刚好相反。

旅店老板表示有些惊讶："哟，我的爷爷奶奶、外公外婆都是从中国来的！"

在泰国，除上了年纪的华人外，多半不知道"暹罗唐人"是怎么一个概念。他们已经完全被同化，甚至连中国姓氏也摒弃，改用番名，只留下身体这个空壳。我遇到过一些处于原汁原味以及完全被稀释这两个极端之间的泰国华人，要靠写繁体汉字加讲英文交流，甚是尴尬。更无奈的是，某天清晨，我在泰国南部华人聚居的唐人街上散步，一个热情的当地男子迎面过来就是一大堆令我应接不暇的泰文，并且如入无人之境般滔滔不绝，后来我实在忍不住了，开口跟他说："你讲英文吧，我听得懂！"

"那你是泰国华人咯？"我问穿耳环的老板。

"泰国华人？不，我是泰国人！"

看吧，又来一个！

不惑之年的他不像是摇滚明星，衣着随便倒是给人简朴的感觉，但为何穿耳环、束长发呢？且这只挂在左耳上的金耳环的手工很差，凹凸不平的外表，忽大忽小的轮廓，就跟我单车上的山地胎差不多，在这个崇拜黄金的狂热国度，根本不应该让人发现，免得贻笑大方才对。头发更是爱因斯坦式的凌乱不堪，发型则是泰国稻田里收割后捆绑起来的禾秆。

见我盯着他的耳环不放，他反而很自豪地笑了。

这个小小的耳环要从晚清说起：

当年，他年轻的祖父祖母被当成猪仔卖来泰国，那时候他们一无所有，但凭借着中国人那种勤劳和智慧，赤手空拳打拼多年，到他父亲出生的时候，家族就已经积累了大量的财富。繁忙的事业令祖父祖母无心教导孩子，只是送去学校任其发展。而当时的风气是，华人为了让子女更好地融入当地社会，纷纷把他们送入泰文学校。华文学校由于生源太少，根本没有生存的空间，整个泰国没有良好的华文环境。其父生活条件优越，和当地的贫困的土著人一起读书，自以为高人一等，自然而然变得游手好闲、无所事事。

为了使他父亲不要在外面惹是生非，祖母找了个门当户对的女子管教父亲，好有个家庭责任感，让父亲安顿下来。父亲是母亲被驯服了，可是父亲压根儿不懂经商，随着祖父祖母一

天天衰老，家族出现后继无人的局面，财富一天天缩水，生活每况愈下。

更大的问题还在于，他的兄弟姐妹竟有14个之多！如此庞大的家族，哪怕组成一支足球队也是绰绰有余。父母没有那么大能力养活比一支足球队员还多的儿女，只好把他们拆成两支篮球队，大的那支自己亲自执教，小的那支就丢给祖母。一个家庭就这样被分成两个群体，由于教练文化背景、执教理念的差异，两群兄弟姐妹的思想也相差甚远，大队是泰国快乐安逸思维，而小队则是中国艰苦奋斗思维。结果，大队中的兄弟姐妹个个都无欲无求，相反小队中的兄弟姐妹都做些大大小小的生意。

旅店老板是小队的队长，最受祖母宠爱。

"祖母临终前，把陪伴她一生的耳环交给我，并嘱咐：'这对耳环是我母亲给我的嫁妆，自从我跟你祖父来到泰国，半个多世纪过去了，我再也没有见过远在中国的父母，每当在我想他们的时候，我就会照着镜子对耳环说话，看着它我又仿佛回到了父母身边，原来他们一直没有离我而去，而是在我耳边一直默默地陪伴着我，支持着我……现在我要把它交给你，希望你能好好保管。当你寂寞无助的时候，我就会回到你的身边……'而我的发型，则保留着祖父刚来泰国时的模样！"

　　父母毕生对财富的狂热追求，多半是为后代着想。但就算富过一代，能延续千万代直至永远吗？到头来还不是一场空？

　　想到这，我甚至怀疑，人类真的创造了财富吗？人类有着无穷的智慧，毫无报酬地掠夺大自然，转化成最符合人类利用的工具。人类得到了，大自然却失去了，一得一失，站在宇宙万物的高度思考，质量守恒，能量守恒，价值也守恒。

　　话题有些沉重，我试着转移："另外一只耳环呢？"

　　"挂在我儿子的右耳上。"

　　"他也像你一样留着长发吗？"

　　"没有，年轻人不喜欢我这种枯萎的稻草。"

　　"你妻子是中国人的后裔吗？"

　　"不是。泰国土著人！"

　　族际通婚，这个在马来西亚几乎不可能的事情到了泰国却是如此普遍，普遍到泰国王室也是如此！泰国历史上有华人血统的国王、总理数不胜数，远有郑信，近有他信。如果说政府

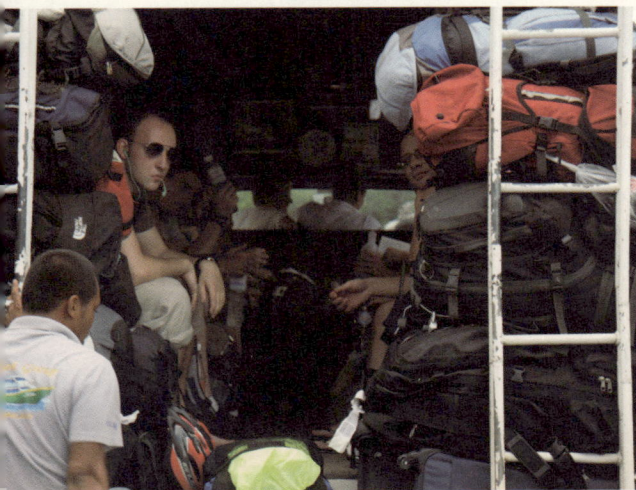

的施政策略是一个杯子，那么同等的教育就是把不同的文化溶液往杯子里面倒，而族际通婚就是一个勺子，不停地搅拌这些文化，慢慢地弱势的文化被稀释掉，最终被完全同化！现在，递到我面前的就是一杯我在董里没有如愿喝到的泰国咖啡。

"要摸一下我这个耳环吗？"

我把颤抖的手慢慢伸过去，端起这杯蕴藏了百年的咖啡，在喝下的那一刹那，我平静的心中突然掀起了海啸。

中国

泰国

14 枪支——我的芭比娃娃

前面有座山，山里有座庙，庙里有个和尚在敲木鱼。

进去拜了拜，和尚忙相应，贫僧路过此地借宿一晚。

对面有条河，河边有座亭，亭里有水有电还有WC。

退出再拜拜，和尚也回拜，走栈道过小桥搭起帐篷。

搭好帐篷，我去享受"冰火两重天"。准备两瓶冰冻的饮料，丢一瓶入温泉池里，另一瓶放在池边。烟雾缭绕着，温泉按摩着，我泡在滚烫的水里痛快淋漓地喝着池边冰冻的饮料，骑行的伴侣——疲劳感也随之消失得无影无踪。

外热内冷，啊！此刻的世界无比宁静。

然后拿着这瓶热乎乎的饮料一头扎进冰凉的瀑布潭里面，慢慢品尝着，瀑布推拿着，骑行的伴侣——幸福感也随之涌上心头。

外冷内热，啊！此刻的世界无比温暖。

觉得还不过瘾吗？那就再来三百个回合，反正这里所有的温泉和瀑布都是免费的。

这才是泰国啊！

出来后发现有两个衣着随便的男子大口吸着烟，守在我的帐篷旁。哦，这不是刚才在寺庙门口的无所事事的两位仁兄吗，想打我什么主意？他们见我出来，赶紧把烟丢到地上，向我拥了上来。

不会吧？在寺庙内竟敢胡作非为！

他们说了两句泰语，还没等我反应过来，就手忙脚乱搬我的东西，一人拿驮包，一人推单车，觉得人手不够呢，他们拜了拜我，居然叫我帮忙收帐篷。我也拜了拜他们，中意的东西

才沐温泉水

您尽管拿去，要我送货上门也可以，但有劳两位大哥手下留情，放小的一条生路。

他们一前一后、轰轰烈烈地把我从前线押送到不远处的前沿阵地。打开铁门，里面站着坐着躺着五六个大汉，走了进去，关上铁门，大哥、大哥大、大大哥、大哥大大……都盯着我不放，那时的眼神，充满了杀气，吓得我不敢抬头与其对视。

没想到我低下头，后果更加严重，哇啊啊啊啊——每人腰间都插着一把黑得发亮的手枪！

转过头把视线移到躺在床上的大哥大大大，我差点没有晕过去，他嘴里叼着烟，怀里抱着一把、脚边还放一把不是手枪而是1米多长的冲锋枪！

又做冰溪鱼

看这阵势，我算是明白了。原来刚才押送我的两位仁兄只是无名小卒，这位才是老大！老大用V型手势钳掉叼在嘴里的烟，命令其中一位小卒给我找个凳子坐，另一位小卒则给我端来一杯咖啡。

如果他们再给我绑住手脚，自己套个丝袜在头上，架好摄像机，估计明天早上我就可以上半岛电视台了。我多年"一骑成名"的愿望马上就要得偿，在马来西亚的缺陷终于可以弥补。

"女士们先生们，大家早上好，您现在收看的是半岛电视台。我台的邮箱刚收到一盒从泰国寄过来的神秘录像带，画面正中的这位男子自称是中国游客，以下是录像带的全部内容：'大家晚上好，我是一名正在泰国旅游的中国游客，现在泰国政局稳定，人民热情好客，不单包吃包住，还有持枪保镖免费护送，名额有限，先到先得，送完即止。还犹豫什么？赶快办理签证前往吧。'"

不过，在上电视之前，他们好像还有一道工序要做，翻看我的护照后，两位小卒又把我连拉带扯地押上车。车外漆黑一片什么都看不到，完了，该不会是把我拖到荒郊野岭打靶吧？我越想越紧张，两只脚直哆嗦。

不记得过了多久，车子停了下来。一栋黑茫茫的大楼像一个巨人般站在我的眼前，一个小卒爬上阶梯敲门，另一个小卒押我跟上。现在是最好机会了，要不要逃跑？可是我心有余而力不足，两条腿软成一团，险些瘫在地上。

妈呀，如果我即将死去，我还能做些什么呢？只能听天由命了。

一扇厚重的铁门缓缓打开，室内一片漆黑，隐约可见两排井然有序的"门神"一动不动地站在大门的两边。紧接着，室内深处传来皮鞋敲打地面的清脆声。声音越来越近，最终在我面前停了下来。我看不清这个人的模样，透过微弱的夜光，但见金光闪闪的项链以及他愤怒地训斥小卒时露出的洁白牙齿。我听不懂他说了些什么，好像是对小卒带我过来见他这一行为极其不满。

估计他的话语只有两种极端，一种是这人直接拖去打靶就是，不要向他汇报；另一种是这人根本不值钱，抓来有屁用？！

无论是何种极端，等待"中头奖"揭晓时刻的心情总是一样忐忑不安。

无奈，小卒又把我押回到前沿阵地。

忽然，不知从何处冒出个四肢发达、涂脂抹粉的尤物主动紧贴着我，嗲声嗲气地跟我讲英文，同时，手指跳起轻快的孔雀舞："最近这一带局势不太稳定，所以军队神经比较敏感。刚才他们不敢确定你的真实身份，对你粗手粗脚的，不过现在没事了。"

这一夺命招魂术惹得我浑身鸡皮疙瘩，一阵寒意在身上迅速蔓延开来，令我分不清是福还是祸，啼笑皆非。

"他们是军人？完全没有任何迹象表明他们的真实身份，没有军装，没有军容，没有军姿……跟反政府武装没啥两样。"唉，我难以想象。

无论如何，他们可以交差了，我的小命总算保住了，双方不再相互猜忌，真是皆大欢喜。大家有说有笑的，一阵阵欢快的笑声在山谷中回荡。

为了表示庆祝，他们居然从枪里取出子弹，用牙齿把弹头咬松，然后用手指拧开，接着把火药撒在地上组成一些图案，最后拿起火机点着。

他们点燃的是火药，却烧尽了我心中的霉运，烟花与星空在天地间相辉映，哗，多么高级的烟花！哗，多么漂亮的夜晚！

但美中不足的是，尤物依然对我毛手毛脚。

"不过现在没事了？"我看这才刚刚开始。

夜深了，我被安排在那支令我难忘的机关枪旁边的床位。不知怎的，这时的我却深深爱上这个芭比娃娃，心想，要是我睡着的时候对我不轨，就休想让我手下留情。

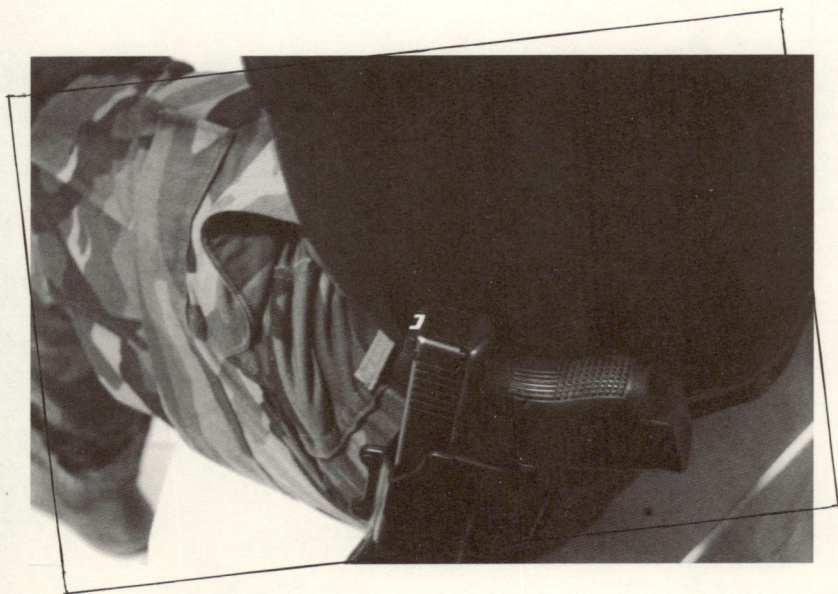

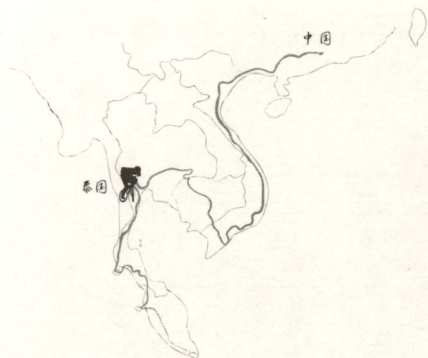

中国

泰国

15
桂河的晚上

　　不知为何，这几天心情颇不宁静。虽已午夜，却在床上翻来翻去、难以入眠，忽然想起今夜是满月，便带上三角枕走出船屋，来到门前的甲板上，欣赏桂河的夜色。

　　曲曲折折的桂河两岸，远远近近、高高低低都是树，这些树将桂河重重围住，只在河的尽头腾出一个点，像是特意为地平线留出似的。树一律是阴阴的，在月光衬托下，化作一团团黑色的烟雾，江风掠过，树枝梢头像调皮的孩童般欢笑、晃动，从四周传到我的船屋上。树上的鸟儿、岸边的青蛙也不甘寂寞，跟着风的旋律，和着树的节奏，一起合唱。

　　借着风，枯叶也摆脱树枝的束缚，在空中无拘无束地舞动起来，雪白的月光像聚光灯一样打在这位舞者的身上，这就给她穿上演出的轻纱，把大自然生灵的目光全都聚焦在她的身上，她时而旋转，时而漂移，时快时慢，时近时远，在空中优雅地踏着舞步，光与影伴着她的舞步，在她身上不停地转换。最终，如蜻蜓点水般落在河面上，一场空中芭蕾完美地谢幕。

　　流水像是完全被这段如此美妙的空中芭蕾迷住了，躺着静静地欣赏，没有半点动作，只是在谢幕时惊起一片涟漪。虽是满月，天上却有淡淡的云，这云如烟似梦，笼着明月的脸颊，宛如一位害羞而好奇的阿拉伯少女。少女时不时揭起盖头，偷窥向她求爱的桂河。一阵风在空中吹过，少女终究还是忍不住寂寞了，一头钻进桂河的怀抱。

　　桂河，是今晚的乐园，就连天上的宫阙也搬到这里来。于是，今晚的景色就全都落在桂河上了。

　　水鸟早已立在水中的枯桩上，盼着这一时刻的到来。它照着自己在河面上的倩影，用尖嘴梳理着羽毛，这是为即将上台做最后的准备。是紧张还是兴奋？它轻扑了几下翅膀，头往前伸，脚用力一蹦，贴着水面自由自在地滑翔。

　　这时，如烟似梦的云慢慢移开，月光便如牛乳般泻入河里，把河面染成乳白的世界，像是冰上芭蕾的舞台。

　　鱼儿也被这从天而降的牛乳陶醉，纷纷探出嘴来抢着吮吸。随着倾泻的节奏，鱼儿圆圈般的小嘴一张一合，正如一颗颗闪耀的珍珠；袅娜的腰肢一浮一潜，正如出水芙蓉，又如水中芭蕾。

落叶激起的涟漪、水鸟激起的涟漪、河鱼激起的涟漪……那是大自然的手指尖，在桂河这座钢琴上弹奏着贝多芬的《月光曲》，激起悠然的音符。

　　听着这渺茫的音符，水草便随着流水的节奏，舞动着婀娜多姿的身段。碧波荡漾，光与影在她身上有着和谐的旋律，仿佛杨丽萍跳着的孔雀舞。

　　静静流淌的桂河中央漂浮着我住的船屋，稀疏的木甲板、浓密的草屋顶，搭配一条没有护栏的走廊，仅此而已。这样的船屋虽说朴素，但我却认为恰到好处，甲板几乎贴着水面，加上没有护栏的约束，躺在甲板的角落里，想起新加坡的日子，感觉自己就是这岸边树上凋零的一片落叶，飘落在这随缘而动的水中。

　　士珪禅师说得好，"上堂：见之时，见非是见。见犹离见，见不能及。落花有意随流水，流水无情恋落花。"

　　唉，多情总被无情恼，那无情的风景，总让人牵怀。

　　这样想着，拘束的四肢便不自觉地舒展开来，越过狭小的甲板，刺入平静的水面，皎洁的满月被荡起的涟漪打碎，变成满天繁星，在我四周不停地闪烁。这个世界真奇妙，我刚才还跟嫦娥同床共枕，霎时间却瘫倒在这无边的银河里。

　　鱼儿以为天上掉下馅饼，便停下水中芭蕾，转行亲吻着我的指头。原来，这美鱼儿中有含情脉脉的少女，也有激情四溢的辣妹。

　　我被这天上人间美景深深陶醉着，不知过了多久，才迷迷糊糊回忆起今晚的佳境，枯桩红树落花，浮鱼潜鸟叫娃，江风渔火船家，月光泻下，嫦娥在咫尺天涯。

等我回过神来，已是日出。

我抱起枕头，又回到房里，追梦去了。

中国

泰国

16
移动教室

死亡铁路大桥。

两条铁轨间的枕木上铺有一块跟大桥长度一般的铁板，铁板用铆钉固定在枕木上，方便游人回味历史。

我在上面骑着单车，锯齿状的轮胎跟波浪形的铁板铆钉发出的摩擦声如同火车经过，让人不经意间坠入到残酷的二战岁月。

河水在桥下静静地流淌，岁月却在心中汹涌澎湃。

泰国人搭乘这部时光列车是不用买票的，这是我游走许多景点后的总结。泰国人的评估标准无需身份证证明，一张黄色的脸孔和一口流利的泰文足矣，看来，学些日常用的泰文还是大大地有好处，而外国人也仅需100B便可时光倒流2小时。

久而久之，我终于明白泰国的旅游景点是怎么做生意的。旅游无非就是怎么去、怎么玩、怎么评。

怎么去？据我在泰国的骑行经历，至今与收费站无缘；又据我在董里搭便车时顺便询问油价，跟国内也是"Same same（南洋式英语，意为差不多）"；又据我在北碧游玩，搭过一百多公里的城际大巴，也就100B。毫不夸张地说，泰国的城际大巴比新加坡虎航的客舱舒适多了，不过话又说回来，虎航的客舱也不咋地。廉价的交通成本可以有效促进各地贸易往来，而贸易往来多了，国家税收自然也会增加。

怎么玩？各景点的门票通常不贵（泰国人甚至免费），目的很简单，吸引更多的人旅游。景点附近有很多私人旅店、餐厅以及娱乐设施，大大小小的店铺，各种消费水平都有，满足各阶层消费需求。这些店铺生意好了，国家再将这些税收用于旅游景点的建设。

怎么评？简言之就是对这次旅途的感受以及下次旅途的期望。别人怎么评我不知道，敝人自控能力差，容易受到外界的诱惑，在泰国旅游吃喝玩乐，不经意间没了好多大洋；还是国内好呀，把旅游的钱几乎都买了门票，背着几桶方便面就能解决问题。

我上了时光列车，全木式的古董车厢内部装饰本身已是一道耐人寻味的风景，但裱在车窗上的"幻灯片"式的自然风光更让你百看不厌。这些美景很容易让人陶醉，但我的目光却定格在一群孩童身上。

头上的泰国式短发表明他们是泰国小朋友，身上的蔚蓝色T恤表明他们是一个团队，项上的个性化挂牌表明他们各人的身份——一群当地的小学生。

是在旅游吧？他们时而交头接耳，时而欣喜若狂。看着他们玩得不亦乐乎的样子，我的思绪霎时间回到了与他们同龄的那个年代。读小学的时候，每当听到春游的消息，我就再也按捺不住，天天盼望着春游的到来。尽管很多年过去了，那时的许多事情随着时光的流逝变得越来越模糊，但春游的印象反倒像一坛陈年老酒，久而弥香。听说现在为了安全起见，春游被取消了，学校是多么可悲的"监狱"，这叫"花钱坐牢"。

是在上课吧？他们时而仰头听老师讲解，时而低头在书上做笔记。看着他们专心致志的样子，我却在儿时的记忆海洋里捞不到那段与之吻合的回忆。小时候被逼着学，知识从左耳灌入，马上从右耳漏出。年复一年，我渐渐形成了消极的抵抗情绪，学校就成了我的学海生涯独立战场，上学意味着抗战，而放学则意味着解放。

不对哦，现在应该是暑假，难道是在夏令营？

好奇心迫使我融入这群师生中问个究竟。原来，泰国学校的假期分别是3～5月和10～11月。也就是说，他们正在上课。

是什么课这么重要，以至于非得把课堂搬到火车上不可呢？

这是一堂关于死亡铁路的历史课，课程本身并不是非常重要，但老师会利用可以利用的资源尽量使得课堂更直观、生动、深刻且更有效率。学生在历史事件发生的地点，通过自己的观察、老师的教导以及自我的感触，更容易形成自己的历史观，而非人云亦云。泰国把这种教学模式称之为历史直观教学。直观教学是一个大家庭，除了前面提及的历史直观教学外，还有工业直观教学、地理直观教学、艺术直观教学等等，总之，有什么课程就有什么与之相对应的直观教学。

　　直观教学成本岂不是很高？

　　这个可以大大地放心。首先，直观教学的经费完全由学校埋单；其次，学校也只是靠山吃山靠水吃水。就拿历史直观教学来说，学校当然不会为了一堂关于珍珠港事件的历史课而把课堂搬到太平洋去。

　　这辆时光列车岂不是一间移动教室，在知识的星球里做环球旅行？

　　就让列车永远地开下去吧。

　　直观教学使用的是移动教室，通常没有课时的划分。但是在学校的固定教室，课时的划分则成为必然，从早上8点到下午3点，午间不休息。通常一门课程有两节连续的课，第一节课由老师讲，学生随时提问；第二节课学生根据老师的要求，组队完成老师布置的作业。哪怕是在学校上课，地点也不是固定不变的，有时候选择在教室里面，有时候则选择在大树底下。某日清晨，我在甲米骑车游览的时候无意间经过一所小学，那大树底下传来的阵阵朗读声，令我毫无准备地把它跟孔子的那个年代联系起来。

既然下午3点就放学了，学生们通常干嘛呢?

当然是做自己感兴趣的事啦! 泰国管这个叫兴趣教学，老师通常会带上几个对他的特长感兴趣的学生，培养学生的志趣，也培养师生的友谊。泰国的兴趣教学不但始于小学而无止境，套路也是五花八门，问了问坐在周围的小朋友，有的喜欢跟老师做日本料理，有的喜欢跟老师学韩语，更有甚者喜欢越野车。

一个小朋友说上完这堂历史课后，就要赶回老师家看他刚改装好的越野车! 想起自己的单车，我顿时羡慕不已，俯首称臣。

将学习变成玩，再将玩变成学习，这大概就是兴趣教学的魅力所在。发现学生的兴趣所在，发掘学生的意识潜能，让学生认识自我，让学生树立志向，远比把学生的头脑当海量硬盘灌输重要一千倍一万倍。

吉田松阴曾反复强调过一个人最主要的就是树立志向。

爱因斯坦也曾不止一次说过再多的知识是有限的，唯有想象力是无限的。

人类越进步，知识也就越积越多，而人的生命又是有限的，如果我们不懂得选择和摒弃，那么当知识发展到要用一生去学习都无法超越前人的时候，就是人类进化的极限了。

也许，知识是一个鸟笼，可以保护你，但它也可以限制你。

小孩的想象力最丰富，但儿时的志趣一旦被没有方向的知识淹没，却是一辈子都无法弥补的罪过。

我问了，周围的小朋友一概对单车旅行不感兴趣，要不我就就地收几个学生。

不收学费吗？

收学费谁跟你学？人家泰国的国立学校从小学到大学可都是全免学费的！

我想，单车也是一间移动教室，姑且称之为单车游学吧！

中国

泰国

17
一夜情

如果你问我，单车旅行的最大优势是什么？在路上！如果你再问我，单车旅行的最大劣势是什么？还是在路上！

单车骑士似乎颠覆了传统旅行的概念，即把大部分的时间都花在赶路，而仅把极少数的时间用在旅行；要么就是混淆了传统旅行的概念，即把赶路当成了旅行！

赶路是一种兴奋剂，大量服用会给自己套上"超人"的光环，但药效过后，这才发现，我唯一知道的就是我一无所知。

有些人喜欢逛旅游景点，有些人则喜欢逛博物馆，而我却最爱市场，尤其是夜市。

逛市场绝非女性的专利。在市场上，从商品的多寡优劣，可以看出当地的物质生活质量；从人们的言语神态，可以判断

随风而去

他们的精神面貌；又从管窥当地的风土人情，可以了解异域的习俗。

我喜欢逛市场，货比三家、讨价还价，结果并不重要，重要的是过程；我也喜欢侃大山，大事小事、国事家事，内容并不重要，重要的是气氛；我更喜欢诘问作答，他人于我、我于他人，矛盾并不重要，重要的是揭示；我最喜欢邂逅相遇，但这全靠缘分，不能勉强。

大城市的夜市往往已经失去原有的面貌，陷入滚滚国际潮流中，毫无特色可言，非到购买，我不轻易进去。而小城市的夜市相比之下就显得别致多了，加上各地的夜市都不尽相同，令我百逛不厌，流连忘返。

巴德鲁的美食盛宴简直就是泰皇的晚餐，董里的茶座上依旧还用投影电视唱着《上海滩》，拉廊的超级市场仿佛就是不明飞行物降落在机场上，春蓬的旧火车旁居然上演着政治性煽情演讲。

而接下来出场的将是丹能沙朵夜市！注意，并不是声名显赫的丹能沙朵水上市场。

游客只为丹能沙朵水上市场而来。这里离曼谷只有2小时的车程，而曼谷的夜生活非丹能沙朵同日而语，故绝大多数游客都选择在曼谷逍遥快活，第二天一大早赶来，逛上几个小时，然后心满意足地离去。所以，犹如水上市场属于游客，这里的夜市则属于丹能沙朵人。

于单车骑士来说，在小城市碰上夜市需要点缘分。首先来得是时候，其次得找对地方。这里的夜市大多是周期市场，准确地说就是夜间的集市。夜幕是一块魔术布，能把白天的荒芜之地变成夜晚的人间天堂。

这场魔术真的在丹能沙朵上演了。

丹能沙朵夜市是一个万花筒，在色彩鲜艳的灯光笼罩下，越显有趣。最外面的是停车场，汽车最多，摩托次之，单车就仅此一辆。如果按照物以稀为贵的原则，我这单车停在这里简直是勾引泰国人犯罪。

"但请放心，一切包在我身上！"我还没品尝到夜市的美食呢，停车场的老大爷就先给我吃了一颗定心丸。泰国人压根儿没有这种安全防范意识，要是到了中国，我敢保证他们肯定完蛋。

停好车后，首先进入的是美食区。美食区由各种各样的移动小车组成，每一辆小车都是一个厨房，而每一个车夫都是大厨。虽说这些小车都是可以移动的，但仿佛市场上固定的商铺一般，井然有序，规规矩矩。每一道美食都是一剂勾魂药，相承相克，相得益彰，永远都不知道究竟是哪一种最吸引我。

不爱美食的人为生存而食，热爱美食的人为食而生存。

每一道食物，都是一场邂逅。人妖做的肉丸究竟有什么不一样？老奶奶亲手包的椰香粽是否代代相传？现做的鸡蛋豆芽炒生蚝为何如此美味？数不胜数的热带水果何者才是最佳的饭后果？

只要花上5～20B，答案将一一为你揭晓！

经过几条由移动小车排列形成的小道以后，是一个臭美区。艳丽的衣服、斑斓的装饰品、奇异的化妆品，还有人群接踵摩肩，处处掺杂着热闹的气息，这就是夜市的步行街。

人都是有缺陷的，所以需要衣饰来装扮自己。懂得着衣的人是在遮丑，不懂着衣的人却是在遮美。人们都在逛来逛去、东挑西拣，想必大家都深知外表的重要性。但是，我的朋友，不要只关心你的外面，更关心你的灵魂。

路的尽头是一个以充气城堡为主题的游乐园。

游乐园的地基是一块巨大的充气垫，充气垫四周是充气墙，中心是高大的城堡，城堡的每个窗口各有一条滑梯，顶部则是一个平台。儿童从城堡底部爬上城堡，想得开的小朋友当然是坐滑梯下去，想不开的小朋友爬到顶部的平台跳下去。

这是家长眼中的"儿童停车场"，全家人高高兴兴出来逛夜市，把车开到停车场停好，接着把小孩带到游乐园"停"好，"放心吧，一切包在我身上！"于是，家长们终于可以尽

兴了。

儿童有自己的世界，儿童有自己的地位，儿童有自己的目的，儿童有自己的原则，儿童有自己的处世方式，而且大人难以对其左右。

在整个夜市的每个角落都能听到的歌声是从哪里来呢？

来到游乐园旁边的大型露天演唱会便会告诉你正确的答案。真是好戏在后头，这里绝对是整个夜市最疯狂的地方。小城市应该没有如此能耐举行如此排场的演唱会，难不成是泰国版的《同一首歌——走进丹能沙朵》？

当我还在寻找夜市的准确位置时，那磁性般的歌声就已经为我指明方向。她在唱什么呢？是夜市的主题曲吧。

听演唱会是完全免费的，不赚钱吗？对于一个歌手来说，又有什么比知音更重要呢？是金钱还是地位？统统不是！

她哪里是在卖艺？她是在觅知音！

……

我听着想着入迷了，不知午夜之将至。夜市打烊，歌手唱了最后一曲，下台了。她又在唱什么呢？夜市的片尾曲吧。

中国

泰国

18 亚细亚的孤儿

　　道路是为空客A380准备的，宽大、平坦、且一望无垠。最疯狂的要数那些全副武装的哈雷族，他们在高速行驶的汽车中间迂回前进，仿佛娴熟的足球运动员在训练时带球绕杆过人般流畅。每超越一辆汽车都能给他们带来疯狂的欢呼，疯狂的欢呼声掺杂着疯狂的引擎声，当我追着这疯狂的声音望过去时，他们已经消失在远方的地平线上。

　　滚烫的热浪连同汽车呼啸而过刮起的旋风，卷起道路上的尘灰，混着汽车尾气向我扑来。汗水源源不断地渗过乳白色的防晒油，析出满身晶莹透彻的珍珠，在烈日的照耀下闪闪发亮。很快，满身新鲜出炉的珍珠搅拌着尘灰和尾气，又黏又稠的，使人觉得浑身不自在。如果说身体只是对尘灰和尾气进行吸附回收，那么肺部就是对其过滤净化，于是，我再次成为道路的吸尘器。

但厄运并没有就此终结。

雨在午后就一直下不停，让本已黏稠的身体发出酸臭的味道，黏、稠、湿，感觉自己十足一瓶过期的酸奶。

我躲躲闪闪，走走停停，骑到吞武里的时候已是傍晚。

华灯初上，这座城市到处都是繁华的商店、热闹的街市、拥挤的人群、混乱的交通还有水浸的道路，好一个大雨过后的东方威尼斯。

吞武里之于曼谷，好比佛山之于广州，两座城市的建筑完全连在一起，似乎没有城市分界，以至于刚到吞武里的时候使我产生攻下曼谷的错觉。直至我跨越湄南河居高远眺夜灯笼罩下的大王宫全貌的那一刻，才把它们区分开来。

"呜——"

存在得太不真实了，我由衷地感叹。眼眶里雨水划过的痕迹，大桥上居高远眺的全貌，大雨后烟雾缭绕的四周，黑暗中夜灯描绘的轮廓，所有这一切让疲惫不堪而模糊的视线变得更加模糊，洋溢着一种无法言语的朦胧美，如天上宫阙，又如佛国仙境。

我当时一无所有，但幸福的充实感却从未如此强烈过。来之不易，方觉幸福，这大概就是在自虐之中苦尽甘来的神秘之处吧。吹着河面的习习凉风，我静静地享受着这一刻，又骑上单车，静静地离开了。

下了大桥便是曼谷的老城区——唐人街。刚开始我还被它外表浓郁的中国风所吸引，一旦深入其中，便发现事情并非如此，华文不通用，华人也没有归属感，住房更是又小又黑又旧。"有钱是兄弟，冇钱是契弟"，金钱是这里唯一的准绳，那些文明而悠久的中国风将随着这些古老的建筑一起无声无息地变成历史，尔后慢慢淡出人们的视野，最终再也没人提起。

本想在此逗留，却怎么也找不到合适的旅店，只好随大流到高山路去碰碰运气。

驮着满车的行李在大城市中骑行是一件令人哭笑不得的事情，不停地看地图，不停地问行人，还要不停地作出判断，整个人陷入寻找宝藏的旅途中。

高山路与唐人街南北呼应，对大王宫形成夹攻之势，如果说唐人街是华人的开埠之地，那么高山路就是洋人的旅游租界。欧美列强对第三世界的殖民统治并没有随着殖民体系的瓦解而结束，相反，他们以此为基地对泰国甚至整个东南亚进行新的旅游殖民统治。

欧美人的高福利制度和便利的签证政策，令他们哪怕是终日无所事事，也能在东南亚过上醉生梦死的生活。走在街上，随处可见酒吧、夜总会、街头妓女，住在这里，还可以免费听劲歌到天亮。

所有这些现象，似乎已是所有旅游景点不争的现实，也就见怪不怪了。真想不明白，这些人是来感受当地旅游文化的，还是来侵略当地旅游文化的？

从高山路到大王宫步行只需十多分钟，脑海中朦胧的大王宫将随着脚步的逼近，它的庐山真面目就要被一步步揭开。尽管人山人海的参观者之中不失忠实的信徒，但不可否认的是，那种佛教的意境已被商业化的旅游所取代，至少据我看到的情况是这样的。

跟昨晚远眺的印象相比，今天近观的感觉反倒显得黯然失色，距离近了，感觉却远去。我迷失在迷人的大王宫、玉佛寺、卧佛寺和黎明寺之中，如此近距离接触却浑然不知佛在哪里，也许，佛不在皇宫，佛不在寺庙，佛，在自己的心中。

每个宫殿肯定都有密道，要不然发生突发事件，达官贵族往哪里逃？

当然，大王宫也不例外，如果没记错的话，这条密道就在东墙内的墙壁旁。古代的用途已经无从考证，但现在的用途却是一目了然，它是清洁人员的专用通道，此关口无人把守，我试着走了几次也安然无恙。

在我看来，佛教徒的判断标准并不在于佛经的学识，而在对佛的心境，我是怀着准佛教徒那颗虔诚的心参拜玉佛寺的。盘腿而坐、沉思冥想，让思绪穿越2500多年的时空，跟佛祖说出自己的人生困惑：就要大学毕业了，家庭、爱情、工作，站在这样一个人生的十字路口，我该何去何从？在世间的种种苦难、理想与现实，我又该如何超脱？生命的意义何在，是应该考虑如何活着还是考虑如何死去？人类的命运如何，是灭亡还是轮回，人类的成果呢，是轮回还是从头再来？还有，我的想法是不是有点多余？

　　是金子，在哪里都会发光，但玉佛寺则是个例外。这里满堂的镀金佛像、佛塔、佛器，全都在玉佛的普照下相形见绌。黄金，只不过是玉佛身上的一件袈裟。也许，它要表达的正是"黄金有价玉无价"。

　　玉佛寺是禁止拍照的，寺内有众多的保安把守，刚开始我以为这是出于神圣的需要，也就规规矩矩遵守了。但当我从寺内出来，发现出口处居然公开贩卖玉佛寺图片，于是，我愤怒了。禁止游客拍照的意义何在？怕闪光灯吗？那我就不放闪光灯。

　　我在寺外手动调好相机设置，又跑回寺内去，趁着人潮涌动，保安防不胜防之时，我站到所有保安的后面，拍了几张照片，心满意足，走人！接着，我又如法炮制泰皇的加冕宝座。

玉佛寺

　　有了密道的教训，我便学会暗渡卧佛寺。佛寺有一小门，不慌不忙走入便是。如果不幸被逮，就装成一无所知的样子，把自己的逃票罪过转嫁到寺庙管理的漏洞，然后心觉惭愧，最后发誓下不为例，自然会不了了之。事后，记得烧香礼佛，赔个不是。

　　光走马观花就得花费一天的时间，更别说细细品味了。骑车就已经够累的，没想到徒步游玩比这还要辛苦。虽说辛苦，但我却不想早早回到旅馆通宵免费听劲歌。我走出寺庙，来到附近的皇家田广场，一头钻进这里的夜市。

这是泰国的NO.1广场，跟中国的天安门广场有着同样的含义，但它丝毫没有不食人间烟火的姿态，依旧是小摊小贩的天下。

夜市的边角照例是搭着一个舞台，一样简陋的舞台，一样激动的人民，一样演出的目的，却上演着不一样的内容。演出者是一个名为"皇家田之声"的政治团体，他们由中下层人民组成，公开反对国王，支持他信。理由很简单，因为他信执政的时候加重中层人士纳税，然后把这些所收来的税费用来支持中下层人民的发展。在泰皇头上动土，不怕诛九族吗？我听得毛骨悚然，他们却沉迷其中。

这个团体中，有一个军人出身的泰国华人，当我兴奋地断

清晨，睡意朦胧的泰国人家。

155

定他就是泰国北部美斯乐的国民党第93师残部的后裔时，他却笑着否定了。恰恰相反，他是二战期间共产党支援东南亚抗日士兵的后裔。如果比作福利彩票销售，遇到国民党后裔只是小奖，遇到共产党后裔才是头奖。

他父亲当年应征从家乡来此抗战，胜利后，在此落地生根，开枝散叶，却再也没有回去过。父亲在临终前给他一张祖籍卡，再三告诫他好好保管。他看不懂中文，从钱包里掏出祖籍卡，问我懂不懂这是哪里，我双手接过，看过后激动得眼泪都快无声无息地流出来。此时此刻，叫我怎能不相信缘分？

我在国内没有去过几个地方，只是在大二的暑假，和几个同学突发奇想要骑车去云南，当时我们完全没有骑行经验，也没有骑行器材，于是我们马上买车，这些车最贵的300元，最便宜的仅50元。正当我们要出发的时候，又鬼斧神差地改变了主意，骑去三亚。到达海南岛后，第一晚在海口度过，而第二晚，就是在这位仁兄的老家——文昌蓬莱度过的！

他激动地看着我，激动地问着老家的情况，而我则激动地回答着。

渐渐地，我已听不清他的回话，只是看见他的嘴唇在动，我的耳边不停地回荡着罗大佑那首伤感的《亚细亚的孤儿》：

亚细亚的孤儿在风中哭泣，

黄色的脸孔有红色的污泥，

黑色的眼珠有白色的恐惧，

西风在东方唱着悲伤的歌曲。

亚细亚的孤儿在风中哭泣，

没有人要和你玩平等的游戏，

每个人都想要你心爱的玩具。

亲爱的孩子你为何哭泣？

多少人在追寻那解不开的问题，

多少人在深夜里无奈地叹息，

多少人的眼泪在无言中抹去，

亲爱的母亲这是什么道理？

……

摘掉眼镜看夜火朦胧的黎明寺

雨中少女

"一味地骑车旅行只会是捡了芝麻，丢了西瓜！"我在大城遇到的美籍华人Piter听了我的骑行计划后如是说。

Piter是一位佛教旅行老手，足迹遍布南亚、东亚以及东南亚各个佛教圣地。后来，他那坚如磐石的佛心却在大城被练就一身泰式按摩好手艺的泰国女人一手夺走，再也逃不出她那"五指山"，最终在此"立地成佛"。

真是一言惊醒梦中人！像很多骑士一样，我计划逛完这座泰国古都后往南折回，取道亚兰（波贝）口岸入境柬埔寨，直指高棉王朝的心脏——吴哥，最多也就兜个小弯，到考雅这个号称世界上最好的国家公园寻幽探秘一番。

要是毕业后应聘公路局的探路员，我的面试自我介绍肯定是这样的："敝人有丰富的工作经验，曾经对东南亚的公路做过细致的考察，工作上任劳任怨，态度上尽心尽责，心理上意志坚定，生活上勤俭节约，如果贵局经费紧张，只配一辆单车足矣，哪怕是过草地、哪怕是上雪山、哪怕是万里长征，也在所不辞……"

怕只怕公路局没有这个耐心等我的考察报告。

的确，单车旅行是一场魔术，能把平淡无奇的事情变得终身难忘。但如果走火入魔，它就是一个魔咒，自我绑架内心却又自我痛苦挣扎。我已陷入其中，一方面，我给自己下达任务，尽可能提高此次旅行的骑行纯度；可另一方面，我又不断警告自己，单车外面的世界也很精彩。

这么想着，我蠢蠢欲动，说服了自己去体验一次真正的火车之旅。

车站的大厅几乎是全木结构，门窗、椅凳、地板、墙面、柱梁、天花板甚至泰国王室照片的相框，所有的木材都漆成发亮的枣红色，加上木材的边上时不时略显不规整，整个大厅看上去就像一张发黄的老照片。这岁月沉积形成的色泽，讨厌之人看到它的落后，喜欢之人却看到它的底蕴。

大厅小得可怜，不足一个羽毛球场的面积，放上几张板凳就显得相当饱满。大厅的装饰也相当朴素，是那种连风扇也没有的朴素，在这样一个热带国度，实在令人难以置信啊！

大厅与月台是没有关卡的，可以自由出入。月台的尽头是颇具当地特色的小吃店，卫生情况、售价等基本上与普通街巷无异，完全没有趁火打劫的味道。月台与月台之间没有天桥或隧道相连接，过铁路全靠横跨马路时练就的胆识。

之前我一直拿不定主意是去素林还是去乌汶，于是跑到售票窗口询问情况，火车票都比较便宜，但令我吃惊的却是无论距离远近，泰国铁路居然对单车收取一致的托运费，此政策真是乐了长途者，苦了短途人。

既然人生苦短，那我就做个苦了的短途人，选择素林吧。

时间是下午4：30。

当我接过车票核对时间，发现火车半小时后就要到达。我当然不敢走远，乖乖地在月台上聊天打发时间。很快，半小时过去了，可火车迟迟没有出现，接着，广播提示火车因故将会晚点，请旅客耐心等候。火车晚点见怪不怪，我也就没有太在乎。约摸半小时后，火车缓缓停站，我兴致勃勃地把单车推到货车车厢门口，搬运工回头看了看塞得满满的车厢，无奈地跟我摇摇头，唯有带我去办理换票搭乘下一班的手续。

时间是下午5：30。

离换乘的列车还有2小时，这应该是一个看日落的好时机。我马上离开车站，疯狂地踏动脚板，追赶着夕阳的脚步。可当我还在街头巷尾穿梭的时候，夕阳已经躲到远方的房屋后面，最后走进了"黑夜"这间房，并关上了门。泄气的我顿时觉得先前的疯狂举动所积累的累气像火山爆发般一下子全都冲出肺部，使我上气不接下气。

但这仅仅是个开始。当我沮丧地踏动脚板，缓缓离开不久，天空便毫无缘由地下起瀑布般的大雨。只是一瞬间，黑夜被填满了白色的雨水，而我则被泡在水中，仿佛可以游起来。

不知过了多久，好不容易找到一家店铺可以躲雨，而且还有吃的。湿淋淋的身体往冷冰冰的石板凳上一坐，心里却是热腾腾的。点了一个香喷喷的柠檬海虾炒饭，美滋滋地拿起勺子，却眼巴巴地看着头上混着汗水的雨水无情地往碟里坠落，实在难以下咽。

老板放下手中的活，迅速给我找来一块干毛巾，双手递到我面前，示意我擦干身子。我接过毛巾后，他又拿掉我的炒饭，要给我换一碟新的。等我收拾干净，一碟新的炒饭已出现在我的面前，这时我才注意到老板竟是一个身材高挑的少女！我眼定定地盯着她，却忘了碟中的炒饭。

"再不吃，我又得炒过新的了！"她开着玩笑命令我说。

她那甜美的笑容就像雨中的彩虹，叫人实在难以抗拒啊！我细细品尝像她一样清新宜人的炒饭，尽管屋外的雨完全没有减小的趋势，但她的存在始终让人觉得天空处处放晴。

我浑然不觉雨水的存在，吃过饭后飞快地踏上单车，却被她那磁性般的声音挽留。她从店铺冲过来，一手抓住我的手腕，另一只手往我手心一拍，手掌慢慢移出我的手心，沉甸甸地留在手心的，是我刚才不辞而别放在餐桌上埋单的钱。

我手里紧紧握住湿透了的纸币，该说些什么呢？却又感动得怎么也说不出话来。雨似乎越下越大，分不清是雨水模糊了眼镜还是泪水模糊了眼睛，我借着昏暗的灯光，擦拭着模糊的眼睛，往火车站骑去。

时间是晚上7：30。

刚好赶到，但等了一会儿还是不见火车的身影。我怀疑自己是不是迟了半拍，打听才知道原来火车又晚点！于是又等啊等，等来的却是广播一次又一次熟悉而烦人的声音。此后，连续的几趟列车停靠都让我一次次满怀希望而最终又一次次让我心灰意冷。我已经失去了耐性，显得焦躁不安，我想换身干爽的衣服，我想躺着休息一会儿，我想火车快点到来，啊——我的倒霉运何时才是个尽头啊？

我渐渐对来来往往的火车变得麻木，但每次有火车经过，我还是抱着一丝丝希望问坐在身边的泰国人。

"是这列吗？"又缓缓驶入一列。

泰国人还是习惯性地摇着他那个被我反复发问而上链的钟摆式的头。

我看着车身上的车牌发呆，过了一阵才醒过来，哎呀，就是这辆，守株待兔也熬出头来啦！我赶紧回到月台把我的单车推来，在火车开动的最后一刻把它抬上货车车厢。

火车已经缓缓启动，我顾不得我的座位是哪节车厢的，爬上了离货车车厢最近的客车车厢。我一边爬车一边唠叨："有没有搞错，你们泰国人是不是也等得麻木了？"

时间是深夜11：30。

我手持车票，向乘务员打听我的座位。

"往后。"一等卧铺车厢的乘务员回答我。

"往后。"二等卧铺车厢的乘务员回答我。

……

"往后。"二等软座车厢的乘务员回答我。

不会吧，还要往后？

三等车厢！

我被这个巨大的反差吓懵了，长木凳上坐满了人，走道上也挤得水泄不通，他们的肌肤全都黑得发亮，在一闪一闪发出昏暗光线的灯泡下，依稀可辨那一双双深邃的眼睛、一排排洁白的牙齿。

整个车厢只有我一个外国人！

他们都很热情地帮我找座位。我在靠窗的位置坐下，他们就马上挨了过来，什么都问，真是聊天专家，从不冷场，但也随之附送他们身上搅拌着怪异香水味的汗味。要不是借着车窗外呼呼吹过的冷风，估计我早已窒息。

聊着笑着，我却慢慢习惯了这种味道。

不知何时，窗外又下起了雨，夹着风飘进窗来。我奋力拉起唯一能够挡雨的百叶窗，却发现整个车厢就这个坏了！无奈，我只好告别大伙，到别的车厢找个空位。

又到了一个中途站，没有听到报站也没有看到站牌，旅客也是下去的多，上来的少，看来真的夜深了。

一个孤独中熟睡的少女，我在她旁边的空位坐下。听着窗外滴答滴答的雨声，车内柔婉的叫卖声，我慢慢地合上疲倦的眼帘，头也不自觉地滑到她的肩上，哼我进入了梦乡。梦中，仿佛又见到那个雨中送钱的少女，我伸手接过沉甸甸的纸币，紧紧握在手里，久久不能释怀。

　　到站醒来，车厢已经空无一物，我照着镜子，发现右脸上多了一个红灿灿的手掌印！

　　时间，已是新的一天。

小小的情缘火车站，大大的喜怒哀乐世界。

中国

泰国

20 与象同行

佛历2552年8月下旬的某个清晨。

寺庙的钟声唤醒了我，这里的和尚对泰拳的热爱令我这个凡人都望尘莫及，奥运会上的拳击直播总是能让他们不顾一切地观看比赛，甚至做出近似疯狂的举动，为了自保，我不得不敬而远之。机会终于来了，趁着清晨时分和尚外出化缘之际，我骑上单车，逃离这个是非之地，寻找真正的丝绸村落去了。

我沿着公路骑行，兜兜转转，也就忘记了路途的远近。忽然嗅到洋溢着在风中的稻香，我便追着这股乡村气息，继续往前，只见路的两旁古树参天、绿意盎然，大约又过了十多里，视野豁然开朗，一幅乡村画卷铺在我前进的路上。

"您是吃饭还是吃面？"我在路边摊刚坐下，老板就过来问我。

老板定是个幽默风趣的人！在泰国香米的故乡，居然遇到这样的问题，实在令我啼笑皆非。

我一边等着慕名已久的泰国香米炒饭上桌，一边欣赏着乡村这水墨画般的美景。路边摊像天地间的一叶孤舟，孤零零地漂浮在茫茫稻海中。放眼望去，到处都是辽阔的平原、稀疏的丛林、肥沃的土壤、纵横交错的土路、涓涓的水流、葱郁的稻苗、打滚的水牛，还有勤劳的农民。也许，唯有原始的生态才能孕育出纯正的香米吧。

路边摊内，炒饭已经端上餐桌，此情此景，品饭如品茶，得一步骤一步骤来，我可不能像猪八戒吃人参果——不知啥滋味；细听，微妙的声音在米饭的体内噼叭作响，那是生命跳动的旋律；细闻，淡淡的香味在米饭的身上袅袅升起，那是婀娜多姿的舞者；细看，金黄的香油在米饭的皮肤上闪闪发亮，那是光彩夺目的新装；细触，丰满的质感在米饭的全身彰显弹性，那是青春靓丽的脸颊；细品，刚入口就令我大为感叹：

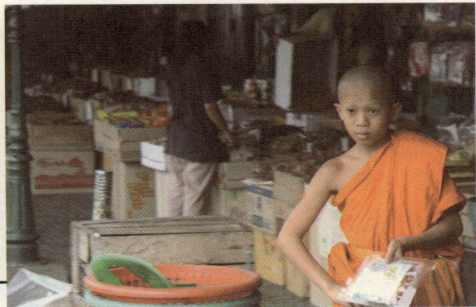

"唔——老板。"我扔下叉勺，"硬邦邦的，分明是拿普通的泰国米冒充泰国香米！"

老板忙向我解释，原来，泰国香米亩产量较低，出口又值钱，加上当地人普遍不太喜欢泰国香米松软的口感，所以泰国香米基本上都是外销。自然地，在他这里，也就吃不到正宗的泰国香米了。

我含情脉脉地看着田里的泰国香米稻苗，大口大口地嚼着碟里的非泰国香米炒饭，满嘴尽是近在咫尺却远在天涯的苦涩味。

与这顿饭相比，我更喜欢融入自然的骑行了。纵横交错的土路，犹如当地农民世代辛勤编织出的一张渔网，撒落在这块平整的土地上。路与路之间，是浸泡在水里的稻田，稻田上站着歪歪斜斜的稻苗，在太阳的炙烤下，可以闻到比青草淡些的稻香，微风阵阵，又泛起点点星光。窄小的路上，是频繁交会的牛车以及驱赶牛车的牧童的笑声，路人与耕者交会，怡然自得。路的尽头，依稀可见袅袅炊烟升起的古老村落，像一颗颗文明的种子零星散播在这广阔的天地间。

骑行在阡陌上，仿佛又回到儿时的故乡。

我开始相信，人一出生就将自己撒落在世界的某个角落，每次旅行都是为了找回自己。

儿时的欢乐时光，已寄存在脑海的深处，或寄送到世界的尽头，正等待着我们亲身去追忆。

骑到路的尽头，就是目的地啦。

这里的人似乎都是传统丝绸生产中不可或缺的一环，种桑、养蚕、织染等，他们看到骑车的我都非常吃惊，纷纷放下手头的活与我搭讪，问我从哪里来，往哪里去。我都一一回答了他们。有人更是热情，邀请我到他家参观丝绸的制作过程，并摆上酒席款待。席上，主人问我最想吃什么，我毫不客气地说："泰国香米，正宗的泰国香米！"

饭后，真正的丝绸之旅才算开始。主人介绍，他们是高棉人的后裔，世代在此劳作，每个家族的丝绸制法都是各自祖先流传下来的，各有所长，相得益彰。大家族有庞大的产业，从种桑到销售无所不包，小家族则只有其中的某些环节，但更多的家族没有自己的产业，要替人加工甚至替人打工来维持生计。

主人家丝绸是传统的手工熟织。首先，将各种天然植物配好后磨碎制成所需的颜料；其次，把蚕丝放进染缸内上色、上色再上色，然后风干；接着，把染色后的蚕丝分成经纬两丝，安于手工纺纱机上；再接着，就是唧唧复唧唧，女人当户织，惟闻机杼声，不闻女叹息；最后，收钱。

与如同泉水下喉般柔顺的中国丝绸相比，泰国丝绸的质地明显硬朗，穿带之有种麻布的感觉。萝卜青菜各有所爱，据说日本人就喜欢这种布风，因为这与他们条理清晰的和服不谋而合。

我接过飞梭，试了试，实践证明了男主外女主内是合理的。

临别，主人说是要给我些东西带走以示纪念，但路途漫漫，行李繁多，真的是力不从心，只好笑而拒之。我也想给主人点东西留作纪念，但搜遍行李，真的是没有一样能割舍得下，全都是旅行必需品。东西是带不走了，带走的只有记忆，就像这风，来无形，去无踪，也许，这就是单车旅行的宿命吧！

我没有走回头路，而是挑了另一条乡村土路离去，希望有新的收获。

前面就是公路了，我在路旁停下，最后看了一眼这男耕女织的社会，又踏动脚板，消失在乡村土路的尽头。

我穿越了一个个乡村，再穿越了一个个乡镇，渐渐地，一步步逼近现代社会。

正当我以为就这样结束时，奇迹却再次发生了，一头头

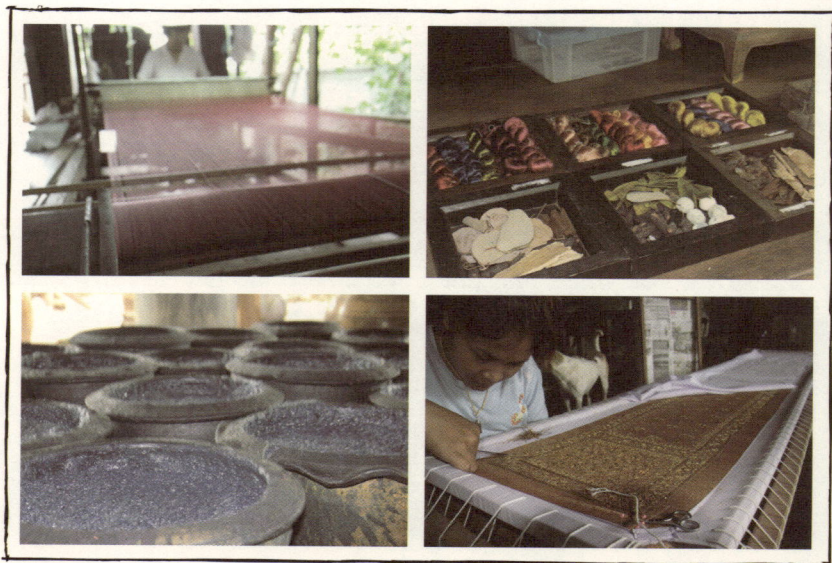

"巨兽"不时出现在我眼前，把本已狭小的公路塞得水泄不通，它们或三五成群，或形单影只，有的被主人驾驭，有的则自由自在。

"大象，是大象，呼，真的是大象……"

我像一个小孩一样狂呼乱叫，兴奋不已，天啊，我真不敢相信自己的眼睛，跟在动物园看到大象的感觉完全不同。至此，我终于理解和尚为什么会对泰拳做出近似疯狂的举动了。

一头大象发现了我，慢悠悠地挨了过来，它就像一堵墙，以至于在地上形成的巨大的黑影把我吞噬。我由兴奋渐渐变得恐慌，低头前行，不敢与其对视。大象是高智商动物，它该不会是拦路抢劫吧？我可没有什么香蕉之类的食物，再说我这单车吧，也不合适您尊贵高大的尺寸。

我想逃，却被它长长的鼻子拦住去路。我像热锅上的蚂蚁，生怕它抢劫未遂，一气之下一脚把我踩成肉饼！我安慰自己，一则大象踩死骑士的交通事故新闻，也算是一种对尘世的解脱。

但人总有一种潜心理，不是对生的追求，而是对死的恐惧，这就是求生欲。我潜意识地抬起头，试图向它求饶，但当我的眼光沿着它柱子般的前腿往上攀爬到它心灵之窗的时候，我被它那温顺的眼神深深吸了进去。

它高高翘起鼻子，微微露出尖细的嘴巴，好像要对我说些什么。象语的震动是一种低声波，用耳朵是听不到的，更别说听懂了，需要用心。

哦，我听懂了，我听懂了！大象要与我同行！

农田越来越少，视线被建筑重重包围，只是偶尔在房屋之间的缝隙可以窥见。斜阳携晚烟，鸟倦飞而还，晚霞伴我穿街过巷。

中国

泰国

名胜古迹的最佳鉴赏方式

　　在平原拔地而起的死火山山顶上，坐落着一座泰国境内吴哥时期所有的伟大建筑中最为光彩夺目的寺庙，它就是帕侬蓝寺。

　　习惯了泰北平坦的路面，突然间要我爬上陡峭的山顶，实在有点吃不消。夕阳西下，我咬紧牙关登上山顶，俯视脚下金光荡漾的平原，这才觉得刚才的付出与现在的收获相比，简直是一笔投资小回报大的好买卖。

　　"你说什么？寺庙已经关门？就连个普通的旅馆也没有？"我还没有喘过气来，寺庙的守卫就放我的气。在这死气沉沉的死火山山顶上，晚上连个鬼影都没有的鬼地方，叫我哪里去找住的？

　　我又拿出骑士浪迹天涯的独门秘笈——装可怜博取同情，

才勉强拿到一张免费在帕侬蓝寺附近露营的非正式通行证，条件是千万别让他的上级领导知道，一旦泄露情报，就自招是偷偷摸摸进来的，与守卫无关，一切后果自负。

成交！这是一笔包袱沉重且未知回报的冒险交易。

后来，我一边搭帐篷一边回想，万一守卫本已利用公务之便走私贩卖寺内的雕像，却趁此机会恶人先告状，向上级汇报说有一个可疑人物半夜三更在寺内鬼鬼祟祟作案，我岂不是成了代罪的羔羊？更甚者说我持凶器作案，那就很有可能被当场击毙，我岂不是含冤而死？我就不近寺庙半步，看你从哪伪造充足的证据诬陷我盗窃文物！

我把帐篷搭在没有水源也远离厕所的水泥凉亭里，不敢搭在拥有水源也靠近厕所的草坪上。我是一朝被蛇咬十年怕井绳，记得有一次正是为了贪图用水方便，摸黑把帐篷搭在草坪上，熟睡到半夜的时候觉得浑身痛痒，打开手电一照，我的妈呀，整个帐篷爬满了又黑又大的蚂蚁，我足足用了2小时才把他们清理干净。过后心情一直忐忑不安，难以入眠，我担心这些荒郊野外的蚂蚁有毒，于是隔天早上起来探个究竟，天啊，我居然把帐篷搭在一个蚁穴旁边！

搭好帐篷后，我要走上一段距离去到草坪上洗澡，就在途中，黑夜中一双双发亮的眼睛看着我，接着就听到一声声狼的呼唤，紧接着就是不绝于耳的犬吠。我拿手电一照，把我吓坏了，一大群各式各样的狗正四面八方向我冲来！我一边照着它们的眼睛，一边扔石头吓跑它们，好不容易才杀出一条血路，来到了草坪上的水龙头旁。

我迅速脱掉衣服，想三两下洗干净然后回到帐篷内休息，没想到这些讨厌的狗又围堵上来。我在草坪上找不到石头，就尝试着用水管喷它们，结果这招真的管用，但美中不足的是效果不够持久，我刚接着洗澡，它们又围堵上来，于是我又接着喷水……随着时间的推移，我也就慢慢习惯这种洗澡的节奏，并且越来越觉得刺激和过瘾。这些狗是一些在寺庙附近售卖旅游纪念品商店的守卫，晚上主人打烊回家，就把它们留在当地自由活动，所以它们才如此放肆，看我今晚怎么好好教训这帮得意忘形的家伙，哈哈。

天上冰冷的弦月，勾勒出山顶上帕侬蓝寺阴森的剪影，我在不远处的草坪上洗澡，时而把水管变成水枪，时而变成麦克风，得意地哼着连自己都听不懂的歌曲，并随着歌曲的节拍在月光、古迹和动物包围下的山顶上扭动赤裸的身躯，酷毙啦！

古老的寺庙在此般环境下就越显神秘了。我望着它那幽长的主道贯通到幽深的寺内，思绪完全被它吸了进去，再也逃不出来，脑子不自觉地盘算着如何如何下手，早已把守卫的嫁祸诡计忘得一干二净，最终决定夜闯帕侬蓝寺。

要夜闯帕侬蓝寺，还得提防这夜巡的守卫，不过这地方上不着天下不着地的，守上半辈子估计也没立功的机遇，如果要说有，那也是守卫自己偷的，正所谓日防夜防家贼难防，就是这个道理。时间一长，守卫自然而然形成了偷懒的惰性，到了凌晨就提前下班了。守卫遇上和平的年代，那叫生不逢时，只好认命，毕竟，逮到一个盗贼的几率实在太低了，哪怕奖励再高，也经不起时间的腐蚀。再说了，盗走笨重的雕像必会发出嘈杂的声响，肯定被驻扎在寺庙的哨所的工作人员发觉。

我估计是这样的，因为据我观察，到了凌晨确实再也没有任何动静。

我的行动在夜深人静的凌晨开始了。先是从东向西爬下陡峭的台阶，接着走过由凹凸不平的石块砌成的长长的主道。主道两旁排列着半身高的方柱，这些方柱肯定不是林迦，但光线太暗，又不能分辨为何物。然后又得爬上那迦守卫着的陡峭的台阶，抬头看台阶时，挡在道路尽头的是寺庙的叠罗汉尖塔的轮廓。登顶后，寺庙的全身便暴露无遗。

如此雄伟的建筑为何要建在一座死火山山顶上？是出自哪位建筑师的手笔？又是通过什么方法克服重重困难完成这神来之笔的呢？寺庙本身除了宗教外，是不是还有更实用的功能或者更神圣的色彩呢？寺庙还有哪些不为人知的秘密？

整座寺庙坐东向西，以贯穿寺庙东西的主道为对称轴，两边呈对称结构，正门的前方是离地不高的小平台，平台的四周由林迦守卫，平台的正中央有一块约70厘米大的镶在地板里的被铁栏保护的方石，正门的正上方有一雕像，如果没猜错，那应该毗湿奴或者湿婆。围绕寺庙四周的回廊屋顶的顶梁上，依旧有惊人的生命力，这些小巧玲珑的林迦千年不倒，一根根全都立满在那里，在残月的笼罩下泛着诡异的光芒。

之前只是紧张，可当我站在寺庙的门口时，我却突然害怕起来。空气从门口溢出，带着浓浓的湿臭味，该不会像金字塔那样有毒吧？里面一点声音也没有，太过于寂静的环境反而觉得耳朵在嗡嗡作响。寺内伸手不见五指，月光只在深深处勉强挤出稀缺的几点，一格一格的。

据说盗墓时，需要在东南角点一盏灯，如果鬼不让你盗墓，就会把灯吹灭。老子今晚"盗寺"，也点上一盏灯，不过是现代化的电灯，您老要是不让老子"盗寺"，就麻烦您把灯吹灭吧，有劳了。

我左手拿着手电，右手拿着念珠，最后深呼吸一口寺外的新鲜空气，进去了。

由于怕守卫发现我的踪迹，所以把灯光调得很暗，看什么都要把头贴近才能分辨清楚。尽管已给自己壮胆，可寺内的死寂的气氛还是让我差点窒息，密封的狭长空间内空无一物，哪怕再轻的脚步声也能造成回音在耳边缭绕，总让我觉得有鬼在后面跟踪似的。我不停地回头看，可越看越没底，越是往下走，越怀疑有鬼，但我也要拿着手电贴近鬼的脸才能最终看清。越想越吓人。

不敢再往下想，上下两排牙齿就好像是两面相反的磁极紧紧地吸在一起，而上下两片嘴唇则好像两面相同的磁极，严重地排斥着对方。我满身鸡皮疙瘩，呼吸急促，想尽快走完这段密封的通道，可我却怎么也跑不起来，这不争气的腿竟然在紧急关头发软。我扶着墙壁走着，尽管这里闷热得要命，却只能听到冰冷的心跳，而且一声比一声来得沉重，脑袋就好像这里一样，空无一物。

记不清用了多久才走完这段漫长而艰难的路程，无论如何，来到了空地上，总算看见月光了，虽然暗淡，却足以点燃我心中的那盏被鬼吹灭的明灯。

我调整凌乱的呼吸，观察了四周的情形，空荡的庭院有两堆东西，看不清是什么，尽管我安慰自己那应该是没有修葺好的小庙，可我心里还是想着它们是匍匐前进的野兽或者是不太可能的坟墓。站在这里还可以听到昆虫叽叽喳喳的叫声，夜风袭来，一阵寒意涌上心头。

挡住视线的建筑应该就是在爬台阶时看见的那座尖塔了，上面的叠罗汉数不胜数，叠了一层又一层，好像有无数双眼睛正在瞪着我。我拍打自己的脸颊，提醒自己这只是雕像。这也难怪寺内没有雕像，那里面太闷热，它们全都跑到塔上乘凉了吧。我看上面也够挤的，我就不上去了，你们注意安全，别摔下来啦。不过话又说回来，摔下来也无所谓，我捡起来带回去，可千万千万别摔到我头上，弄不好想死的没死，想活的却死了。

你们谁想跟我走的就自个儿摔到庭院的草坪上！结果我盼了许久，还是没有盼到，便放弃等待了。后来想想，世间哪有我这种盗贼，"偷东西"守株待兔而且还讲缘分。

"他奶奶的，老子今天豁出去了！"我像只胆小的老鼠，缩头缩脚走进塔内。可万万没有想到的是，里面的地面居然是

凹下去的，我失去平衡摔倒在地，更倒霉的是，手电不知道摔到哪里去，且灯灭了！

"妈呀——啊——啊——"真是出师不利，我真的被吓得要尿出来了，只不过不断冒出的冷汗热汗蒸发了体内多余的水分，才制止了这一失态的事故。

我恐慌到手心脚心都是汗，却要赶紧摸到那支手电，那盏心中的明灯。我带着连哭带喊的心情，心急如焚地乱摸，摸了半天，手电没摸着，却摸到了一个凳子般的物体，沿着物体往上摸，居然有人坐在上面！

我吓得半疯，连滚带爬的，可就是站不起来，我又想放声大哭放声大喊，可就是发不出声来，我唯有又是求梵天又是求佛祖保佑。

其实，我在入寺前就想好后路了，办法就是大叫不已，这样守卫就会闻声赶来护驾。如果被守卫问及为何在此时，我就装疯卖傻，说自己也不清楚，刚才还在帐篷里见周公，梦到自己走到帕侬蓝寺里来，当我张开眼睛时，却奇怪地发现自己已经来到了这里。救我啊！

还有一个更玄乎的说法是，佛祖托梦叫我到这里来，有一件非常重要的事情要告诉我。如果被守卫问及是何事时，我就狡辩，佛祖说天机不可泄漏，不能告诉任何人！

就算冒着守卫诬告我盗窃雕像的罪名，我也愿意。可我当时却偏偏想不起来这些招数！

过了半天，也没听见塔内有丁点声响。我不断鼓励自己，这个世间没鬼，这个世间没鬼，真的没有。虽说如此，可在漆黑的世界中遇上一些未知的事物时，总觉得神秘莫测，始终存在着对其畏惧的心理。

这支不争气的手电，我抓摸半天完全没效，却鬼斧神差地被我的膝盖跪到，真是"踏破铁鞋无觅处，得来全不费工夫"，世事就是这么无常。我打开手电调大亮度一照，他奶奶的，原来是头石牛！再这样下去，我还没被鬼吓死，也会被自己吓死。

此地不宜久留，我不敢再继续探下去，心想"留着青山在，不怕没柴烧"，明天早点起来看日出时分的帕侬蓝寺更美。这时，我也不知道从哪来的吃奶劲，撒腿就往回跑，我朝着狭长的密封通道摸黑跑，愤怒地诅咒落后的拱梁技术，狼狈地逃回帐篷里，许久不敢闭上眼睛。

隔天早晨，我被耀眼的阳光照醒，我混混沌沌地抓表看时间，天啊，居然快10点了。我对错过日出痛惜不已，不知道是埋怨自己好还是埋怨闹铃好！

我拖着疲倦的身躯，顶着滚烫的烈日，怀着复杂的心情又回到帕侬蓝寺内，逛了逛，发现意境全无、毫无感觉，便悄然离去。

看来，想为古老的寺庙找回几分神秘色彩，还是夜闯最佳。

前提是，找盏可靠点的灯。

柬埔寨，穿越于时空之间

　　曾经的盛世，如今的落后。足以让我对柬埔寨感叹，它的历史仿佛在倒退而非前进。但这并不是柬埔寨时光隧道的全部，如果说这几公里的距离相隔两个时代还有点时间过渡适应的话，那么在金边，那简直是没有距离的时光隧道了，更准确的说应该是时空混乱。一间破旧的铁皮房面前就停着一辆凌志商务车、一辆宝马跑车以及一辆悍马越野……

中国

柬埔寨

告别泰国，我从奥斯玛进入柬埔寨。刚到两国边界时，我就被两国的巨大反差吓得掉了下巴。尽管在此之前已经一再警告自己，不要被在柬埔寨的所见所闻所吓倒，但终究还是招架不住啊。稍不自信，极有可能怀疑自己怎么会瞬间便变成国际维和部队队员，被用时光机派遣到非洲某国的难民营去执行某项特殊的任务。

篱笆护栏刻上几个大字，便是柬埔寨的堂堂国门；国门边上砌间小屋，便是柬埔寨的边境大楼；大楼过后仅数米，便是柬埔寨的乡土国道；国道两旁搭排帐篷，便是柬埔寨的国民寓所；寓所中的小屁孩，便是这个口岸的第一大帮会——丐帮。

不了解丐帮内情的人，只以为一个人穷到了不得不讨饭的地步，也算是穷到底了，就可以随随便便到处混饭吃，却不知道这个人类社会的最底层群体，依旧分成三六九等，依然有尊卑上下之分。正所谓国有国法帮有帮规，这里的丐帮也是有帮有派，根据各帮派的势力，划分出不同的地盘，做着各自的行当，绝不容许掺和混淆，更不能越界，否则就有灭顶之灾。

这绝非危言耸听，这里的帮派内部、帮派之间、帮派与外界，都存在鲜为人知的明争暗斗以及不可思议的阴谋诡计，唯有吃通黑白两道，方能在此乱世立足。

我难以在此立足，在一片臭骂声中悄然离去，原因是我拒付可笑的拍照费还有笑掉大牙的入境税。这倒也正合我意，于是撒腿就跑，还边跑边回头，唯恐那降龙十八掌打到我的背上。

可这脚下的乡土国道与死缠烂打的丐帮相比，也不见得好到哪里去。

万里晴空下，宽大的赤土路面上，见不到一寸平整的土地，到处都是坑坑洼洼，最不平整之处，已经荒草丛生，成了临时停车场。而且路面还要随着山间地势上上下下。这里没有红绿灯，眼睛就是最好的红绿灯；这里没有交通路标，脑瓜就是最好的路标；这里没有道班，当地人就是最好的道班；这里没有交通法规，"请靠右行"永远只是仅供参考。

这条浓烟滚滚的公路，碰上私家车对于单车骑士来说，永远都是这里最大的救星，但同时也是这里最大的杀手。这里方圆百里没有任何公交巴士，想离开这里，唯有靠自己的毅力或者有缘的私家车。如果铁了心选择一路观看在此举行的"达卡拉力赛"，口罩便是毅力的最好伴侣；而如果想亲身体验"达卡拉力赛"带来的刺激，便要花上要价不菲的美金或者巧遇菩萨心肠的车手。

我计划的骑行路线是经过前红色高棉的大本营安隆汶，然后南下河床雕刻闻名的千阳河，接着取道璀璨夺目的女王宫，最后直达真腊王国的神圣国都——吴哥。

我边骑边看地图，按理说前方的"Y"字路口往左拐便是通往安隆汶的道路，但为了准确无误，我还是靠边停车，摘掉白口罩，抓了个人开口问路。

我向他指指地图上安隆汶的位置，再指指路口左拐的方向，他点点头；接着我又指指地图上吴哥的位置，再指指路口左拐的方向，他却摇摇头，手指迅速地给我指向路口的另一个方向。我完全不理解这是怎么回事，地图上明明画有一条这样

丐帮与烂路

的公路啊，为什么不可以呢？他抢过我的铅笔，在地图上路口左拐到达安隆汶的路线上打了个勾，接着在安隆汶到达吴哥的路线上打了个叉。这个意思我是明白了，此路不通。但为什么会这样呢？他先指指天上飘过的云朵，再指指我水瓶中的水，接着把手放在腰间一砍，最后像吃了摇头丸似的头不停地摇。糟糕的路况似乎还不止如此，他不停摇头的同时，指着不远处的山，在我面前跳起蛇手舞。

走不了这条路线未免有些可惜，因为我总是对安隆汶割舍不下。

看着地图比例尺显示，拿尺子一量，这里到安隆汶最多也就50公里，我想我可以骑过去然后再搭私家车原路返回，这样就可以全方位体验柬埔寨版本的达卡拉力赛了。结果我的想法再次受到重创，50公里只是整个路程的一半多，况且尽是苦不堪言的山间土路，看来只好彻底放弃了。

我从他们的描述中得知，右拐的路非常好走，因为当我问及时，他们个个都竖起了大拇指。听他们这么一说，我的内心算是找回丝丝安慰。

于是，我顶着烈日，又接着上路了。

我翻越这段令人愉快的山路，尽管它那糟糕的路况与前面所走的路段一样不太令人满意，但它那总体下降的地势，以及近乎原始的生态，仿似一场山地下坡赛，透过浓密的枝叶看着斑驳闪烁的天空，使人有穿越丛林的快感。

但是，这一切很快就结束了。

当我下山后，看着眼前这条迂回曲折的赤土小路，就像烤箱中的一长串香肠，毫无遮掩地暴露在巨大的火球下，一直延伸到平原的尽头，只是爆米花状的云朵偶尔充当我的帽子。

拜托，这也叫好路啊？

显然，香肠已经烤熟了，我在老远便能闻到它那风中的气息，哪怕是隔着厚厚的红斑口罩。

雨水，无情的雨水，像发了疯似的，把这一长串香肠剪成无数节凌乱不堪的香肠，真是雪上加霜。质朴的当地人居然也明白"要致富，先修路"这个大道理，往雨水冲垮的路上搭几块木板，开个私家收费站，营业执照也免了，天天坐在那等着收过桥费，也算得上是自主创业了。

上点档次的大桥，不但有栏杆以防冲卡，而且还请丐帮把守，大有国家重点建设桥梁的雄姿。幸好有非机动车专用通道，单车骑士不用交钱，要不然，这一路下来我可成了穷光蛋。

一百个人，一百次的骑行，对于这段同样的里程，都会得到一百个不同的里程数。这里没有路，因而处处都是路，在紧盯眼皮底下的路面骑行的同时还要不停地观察前方的路况，然后果断地选择接下来的路线。

这条路满目疮痍，却比不上路边平原的命运来得悲壮。这无边无际的平原啊，分不清哪是江河、哪是湖泊、哪是水田，全都淹没在洪水中。我又开始变得不自信了，怀疑这是在汪洋大海中的条状珊瑚岛上骑行。

雨季，这里桑田变沧海；旱季，这里沧海变桑田。

与不幸遭遇地雷摧残的柬埔寨国民相比，他们的房子可全是四肢健全的，也许是防潮防洪的缘故吧，它们三五成群地扎在这汪洋大海上。居民以舟代步，洪水蓝天，好一个水田中的巴夭族。

路边的吊脚楼比水田里的吊脚楼好多了，但旅途供给点还是少得可怜。森玛隆是此路通往声名狼藉的NO.6国道上的唯一城镇，一路上更是没什么吃的，我也就不挑剔了，甭说炸香蕉、炸番薯，就算是炸狼蛛、炸水虱、炸蟋蟀、炸蚕蛹统统来者不拒，吃炸的容易口渴，那就来点喝的下菜，但这喝的可不能来者不拒，因为这里的汽油可都是灌到可乐瓶里贩卖的，我得看准了再买。

看着这些眼花缭乱的昆虫，购买时思绪却一点都不乱。因为我有个原则，那就是专门光顾那些懂得如何跟客户死缠烂打却不让人觉得讨厌的丐帮，毕竟，他们是新时代的丐帮，是丐帮实现四个现代化的先驱。

看着他们忙碌的身影，我忽然想起周星驰电影《武状元苏

乞儿》片末皇上与苏灿的一段对白：

皇上：你丐帮弟子几千万，你一天不解散，叫朕怎么安心？

苏灿：丐帮有多少弟子不是由我决定，而是由你决定的……如果你真的英明神武，使得国泰民安，鬼才愿意当乞丐呐。

……

天上的爆米花经过一天的暴烤，终究还是烤焦了，黑乎乎的挤满了明亮的天空，天空像决了堤的大坝，雨水汹涌而下。就让雨水来得更猛烈些吧！我甩开红透了的口罩，沐浴在这新鲜的空气中，露出久违的笑容。

雨很快停了，天际线上的夕阳把附近棉花糖似的云烟映得格外通红，与远处的黑云形成明显的对比，渐渐地，夕阳把整个天空以及汪洋都染成红色。

23
玩具与快乐之谜

依旧在烂路上。

我像扫雷似的紧盯地面蛇行，一个车轮般高的裸奔"小非洲"不知从何处冒出，突然张开双臂挡住我的去路，我急忙刹车，险些撞上。

他气势汹汹地瞪着我，眼珠差点没溜出来，且手里还提着一条比他还高的木杆，大有敲诈勒索的作案嫌疑。

我打量他，棕红色的卷发像一顶帽子一样盖在棕红色的身体上，身体被关节分成一节一节的，圆圆脸蛋、圆圆的四肢、圆圆的肚脐，整个人活像一节节可爱的莲藕，还有那低头思故乡的小鸡鸡，便是莲藕节上仅存的根。他往那赤色的烂路上一站，还真有点隐身作用，唯独跟那双瞪得圆圆的眼珠格格不入。

再观察四周，路的两旁也凌乱地摆着一大堆与之相仿的高矮肥瘦不一的莲藕，正对着我露出一口口白牙。"小非洲"一声令下，他们马上就围了上来，跟着起哄。他们下半身的莲藕根随奔跑步伐做着毫无规律的跳动，扬起的尘土也起到了很好的衬托作用，仿若万象奔腾般气势恢宏，令人叹为观止，却又胆战心惊。

本地丐帮实在太猖狂了，红孩儿竟要吃唐僧肉！

红孩儿仗势发飙，挺直腰杆，用肚腩顶了顶我的车轮，还用木杆指着我，嘴里叽里咕噜念着不为人知的咒语，眼睛还是一如既往地瞪，这场景好生面熟，难道要对我放三味真火不成？

他们人多势众，我是插翅难飞。

正所谓靠山吃山靠水吃水，靠着路便自然而然地对路人做起敲诈勒索的勾当。记得很久以前，我曾经听过这样一个敲诈路人到了极至的故事：

在一个偏僻的地方，有一天，一辆外地车经过，一只老母鸡突然从路边跑到公路上，车主急忙刹车，但鸡还是被撞死了。

鸡主连哭带骂的，马上带着左邻右舍拦住车主，车主见状，唯有赔钱道歉。但鸡主对此赔款额度深表不满，他拔掉车主的钥匙，吆喝全村男女老少抽家伙出来，把车主吓个半死。

鸡主跟车主理论："这么多年来，只有它与我相依为命，它在我心中就是独一无二的！况且它已经怀孕了，鸡很快就生蛋，蛋孵化成鸡，鸡长大后又会生蛋，无穷无尽。你说你杀死了我多少只鸡？"

车主见形势不妙，摸遍全身，抽出全部钱财，恳求鸡主放他一马。

鸡主一手接钱，一手交钥匙，还教训车主说："见你诚心诚意，我也不好意思跟你计较，算我倒霉。这次就算了，下次开车小心点，别再撞上了，很难再遇到像我这么好心的，知道没有？"

遇到这样的地痞流氓，只好认命！

鸡生蛋，蛋生鸡，要是说赔个蛋给你慢慢无穷无尽吧，就会被打死；要是献上全部钱财说就这么点了，就会被气死！

看阵势，今天的"小非洲"是有过之而无不及啊。正这样想着，"小非洲"便转身从地上捡起一个车轮般大小的铁圈。该不会说我辗死他的铁圈，敲诈勒索，大圈生小圈，小圈生大圈，无穷无尽吧？这么牵强的理由都能编，休怪我赔你一段铁丝，给你种到地里，你记得勤点施肥浇水，到了秋天就会长出很多很多的铁丝，到时候想要多少铁圈都可以，年复一年，无穷无尽。

我是这么想对策的，硬是要我留下买路钱，我身上那几十块美金估计也够你们每人一条底裤了，实在不行，你们就 凑合着穿吧，哈哈。我又在为自己找回丝丝安慰。

怎知，"小非洲"双手捧起铁圈，把头伸到圈内，调皮地做了个鬼脸，然后哈哈大笑，出乎意料地转身跑了。众小鬼也纷纷甩头转身，把屁股对着我，拍了拍，又一哄而散，万象奔腾般撤退，到路边玩起推铁圈的比赛。

他们欢快而纯真的笑声在我世俗的心中久久回荡，使我觉得这要比被他们敲诈勒索还来得悲痛，来得猛烈。"小非洲"愿意为了保护自己心爱的玩具而奋不顾身，而我却要把莫须有的罪名强加于人，而且还是对着这么一个天真无邪的小孩。金子般发亮的灰尘弥漫在这样的气氛中，显得他是多么的可爱，相反，我是多么的无耻啊！

他们有莲藕般的身体，想必也有莲藕般的心灵吧。生于斯长于斯，不知将来在这灰尘弥漫的世界饱经风雨后，能否绽放出一尘不染的莲花来。

看着他们推铁圈推得不亦乐乎，我是怎么也想不明白，他们是如何在这凹凸不平的烂路上挥洒自如的。他们时而在我身边戏耍，时而又机灵地跑远，我也学着他们做起各种各样的鬼脸，心想，这回他们也把我当成玩具了吧。

小孩总是这样，对陌生事物存在着一份机灵警惕的好奇心。一番熟悉之后，见我是个安全的玩具，他们便大胆起来，有的甚至明目张胆拔我脚毛，笑得我眼泪都要流出来，他们也笑得眼泪都要流出来。稍微腼腆的小孩就在一旁看热闹，从家里抽出全部家伙耍给我看，真一本活的玩具使用说明书。

孩子们的玩具可多了，什么木叉弹弓、木块手枪、木板小车等等等等，无一不是手工木头自制品。一块死木头，却在他们手中鲜活起来，纵使变形金刚有天罡三十六变，也奈何不了他们手中木头的地煞七十二变，他们没有变形金刚，木头就是他们最好的变形金刚。

　　终于让我明白，钱，能买到最贵的玩具，心，却能取得最好的玩具。其实，无论何事何物，不管高低优劣，只要能唤起孩子无限的幻想和构思的，就是最好的玩具。而这个问题的答案，在人世间，恐怕也只有孩子本人以及细心的家长方能知晓。

　　更甚，动物也被他们驯化成乖巧的玩具，哪怕是正在坐月子的母犬也不能幸免。他们命母犬拖住木车，自己站到木车上，头顶莲花大伞，手持十八般木制兵器，这就是他们的战车，每人一辆，便组成无可匹敌的精锐部队。我可以保证，这支部队非常适合长期在荒野作战，因为我亲眼看见那个活泼可爱的"小非洲"在饥渴难耐之时，低下头来挤狗奶！

　　大风起兮尘飞扬，想必当年真腊王国也是依靠如此精锐的部队来开疆拓土，只不过，换了人间。

这一挤，我就笑，我一笑，他们便更卖力去挤，于是我笑得四脚朝天，看来，他们也心甘情愿当我的快乐玩具了。

快乐是什么呢？

我在笑声中反问自己，也许，满足内心深处的那份欲望，便是快乐。

但欲望又是什么呢？

我在笑过后追问自己，也许，欲望是一颗苦乐轮回的生命之树，种苦难之种，开快乐之花，结苦难之果，无穷无尽。

有漏皆苦，可他们却让我知道，无漏皆乐。

只可惜，人生苦短，快乐更短。

"好自为之吧！"我拍弹座鞍上的灰尘，如是对自己说。

中国

24 柬埔寨女人的前世今生

吴哥，我不在乎人潮拥挤的景点，也不留恋追旦赶夕的光影，而是静静地躲在某座荒无人烟的寺庙里细读周达观的《真腊风土记》。

从旅程开始，我就舍不得拿它出来看，不是怕丢掉，而是待到故事的发生地再看的话，会有穿越时空而身临其境的神奇功效。

我的驮包中有个小小的书柜，按境界从低到高来划分成三个层次：解决衣食住行的"旅游字典"，进一步深入了解当地内涵的"百科全书"，还有支撑信念的"魔鬼圣经"。

在荒无人烟的寺庙，拿出《真腊风土记》，翻上一页，我穿洋过湖，或象或马，来到这里；又翻一页，草木退去，雕像

从黑暗走向光明的吴哥窟。

归来，州城修葺一新；再翻一页，是真腊女人的一生，大抵如下：

"富室之女多有白如玉者，至贫之家则粗丑而甚黑。不论富贫，大抵一布缠腰之外，不论男女皆露出胸酥，椎髻跣足。虽国主之妻，亦只如此。

富室之女，自七岁至九岁；至贫之家，则止于十一岁，比命僧道去其童身，名曰阵毯。

盖以一岁之中，一僧只可御一女，僧即允受，更不他许。

是夜，僧至期与女俱入房，亲以手去其童，纳入酒中。或谓父母亲邻各点于额上，或谓俱尝以口，或谓僧与女交媾之事，或谓无此。至天将明时，则又以轿伞鼓乐送僧去。后当以布帛之类与僧赎身。否则此女终为此僧所有，不可得而他适也。

多有先奸而后娶者，其风俗即不以为耻，亦不以为怪也。

及至婚嫁产后，即作熟饭，拌之以盐，纳于阴户。凡一画夜而除之。以此产中无病，且收敛常如室女。

且次日即抱婴儿，同往城外河中澡洗，至河边脱去所缠之布而入水。

会聚于河者，不分男女，动以千数，虽府第妇女亦预焉，皆裸体入水澡洗，略不以为耻。惟父母尊年者在，则子女卑幼不敢入。或卑幼先在，则尊年者亦须回避之。如行辈则无拘也，但以左手遮其牝门入水而已。自踵至顶，皆可得而见之。城外大河，无日无之。

闻亦有水中偷期者，往往好色之余，便入水澡洗，故成病

佛国的前世今生

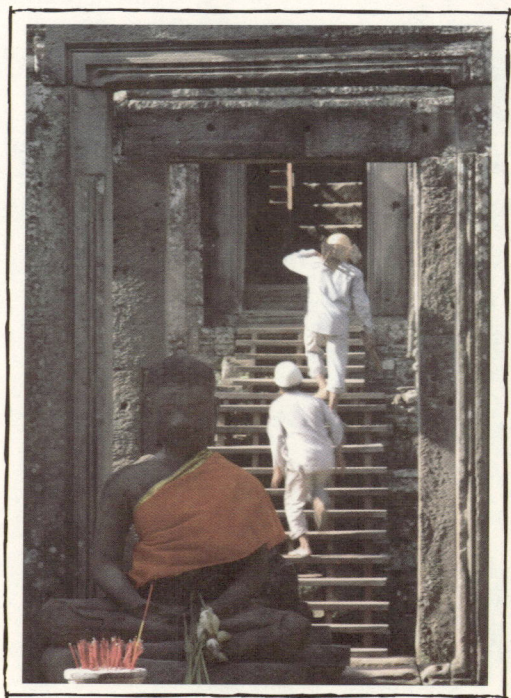

癫，闻土人色欲才毕，皆入水澡洗。其患痫者十死八九。

番妇多淫，产后一两日，即与夫合。若丈夫不中所欲，即有买臣见弃之事。若丈夫适有远役，只数夜可，过十数夜，其妇必曰：'我非是鬼，如何孤眠？'淫荡之心尤切。

通奸无禁，奸妇之夫或知之，则以两柴绞奸夫之足，痛不可忍。竭其资而与之，方可获免，然装局欺骗者亦有之。又闻东门之里，有蛮人淫其妹者，皮肉相粘不开，历三日不食而俱死。

妇女易老，淫妇尤甚，盖其婚嫁产育既早，二三十岁人，已如中国四五十岁人矣。"

可笑可笑。

正看得入神，再翻一页，一个猪头用不吉祥的眼光盯着我，他穿着制服，还向我走来。啊……完了，是吴哥的守卫。

那时的太阳还没有升起，我骑车从直通吴哥城南门的小道直入吴哥，到达吴哥窟护城河南岸的保安亭时，被守卫逮到，他劝我去正门买票。因为景区没有围墙，故我抵赖，并说这就去。他哪知我耍赖，离开他的视线后便逃到这座寺庙藏起来，他用对讲机联系售票处发现我作弊，就一路一路骂，我就一路骑一路逛。

没想到冤家路窄，居然在这荒无人烟的偏僻寺庙被他逮到了，我被恐吓罚款并驱逐出去，幸好旁边没人，要不然得学鸵鸟，把头埋到地里。可恶可恶。

出了吴哥，唯有南边的淡水洋可去。于是再翻一页，发现这里不是时光倒流，而是时光停留，停留在书中描绘的700多年前的社会，只有轰轰作响的游船在为现代的洞里萨湖呐喊。

前往马德望的船票太贵了，本想到那里搭火车，体验坐在车顶吹风的感觉，看来只得放弃，于是又要扫兴而归。

没走多远，一个小伙子跳下船，跳上我单车的尾座，拍拍我的肩膀笑着对我说："能车我回家吗？就在前面不远。"

反正也是顺路，我便点头答应了。

到了门口，他就死活拉我进屋，说他家后门有条小船，带我去洞里萨湖泛舟，见我蠢蠢欲动却又犹豫不决，又笑着说："免费的！"

生我者父母，知我者你也。

我赶紧答应，脱鞋进屋。这是一间吊脚木屋，屋里昏昏暗暗的，全被茭叶盖得密不透风，自然光源并非来自天窗，而是全靠地窗，那是阳光照射湖面，通过湖光穿透稀疏的木地板射入的闪烁不定的光点。

先是走过大厅，然后穿过夹在住房与杂物间的狭小走廊，接着就是夹在厨房和厕所之间的光明后门，告别唧唧作响的木地板，还要爬下长长的木爬梯，这才来到了小船上。

登船还得要有技巧，脚踏下去后船会往外滑，如果上身不跟上，那就会扑倒；如果上身跟上了，那就会仰倒，跟一点点才是防摔之道。这是笨人用的笨招，人家小伙子跳下去，用两条腿左右摇摆小船来保持平衡，吓得已在船上的我不停地喊我妈。

"妈？"他不解地问我。

我狡辩："哦——刚才在你家里看到你妈妈，觉得她很漂亮。"

"那是当然啦，我妈妈是天下最漂亮的女人！"小伙子自豪地说。

我继续拍马屁："难怪你姐姐、你的两个弟弟还有你，都长得那么漂亮。"他得意地笑了笑，我又接着八卦，"那你爸当年是怎么追到你妈的？"

"我不知道，妈妈不告诉我。"小伙子有些沮丧。

"那你爸爸回家了就问他啊，他肯定会告诉你关于他以前的光荣岁月！"我鼓励他。

他停顿了一下划桨，过了一会儿又接着划，这才低沉地回答我："爸爸再也不会回来啦！"

我脑海中闪过一个念头，哈哈，这里那么多国际游客，该不会和鬼妹私奔了吧？虽是这么想，却不敢再问下去，毕竟不是什么光彩的事情，唯有借景发挥，扯开话题。我指着远处孤立在水中央的吊脚木屋，假装兴奋不已："快看，这是谁家的房子，居然建在这种上不着天下不着地的地方！"

他牵强地笑："那是我同学家。他家很穷的，只有这一块土地，所以必须建在这里。出入都要靠小船，且没有水电供应，生活用水取于斯，排于斯。"

还没到我想象这种生活的艰辛，他便变得有些难过："我同学家的爸爸也不会回来了，跟我爸爸一样死于战争。他有五个兄弟姐妹，全都是他妈妈一手带大的！"但很快他又变得很懊恼，"他也说他妈妈是世界上最漂亮的女人，为此我们整天吵架，哈哈。"

这坚强的笑声让我又想起已故的奶奶还有健在的外婆。

记得父亲曾跟我说，爷爷去世时，他才8岁，最小的妹妹也还没断奶。许多人问奶奶为什么不改嫁，她说她是一个手掌，五个儿女就是她的五个指头，他们已经没有了爷爷这只巨手，怎能连她这只小手也消失？五指连心，怎能痛舍？

健在的外婆也曾说，外公的大哥是国民党军官，解放后去了台湾。"文革"时期，有人借题发挥，把我外公关了起来，这一关就是15年。那时候的家庭，大多数都是儿女成群的，我问外婆为什么只生妈妈跟舅舅两个，外婆的回答令我不知如何回答："我一个人怎么生啊？"

一个寡妇要带起一个大家庭，谈何容易，无论是生活上、生理上以及心理上，都要蒙受巨大且漫长的折磨，经得起岁月摧残的，是那份坚如磐石的母爱。

我又转而问他为何不去吴哥，那里的生意更多。他说他去过三次吴哥，后来发现自己舍不得离开心爱的母亲，又回来了，就好像这小船，始终离不开宽大的洞里萨湖，因为它是慈母的泪水。

母爱是什么？母爱是比吴哥还要伟大的奇迹。

可敬可敬。

洞里萨湖，慈母的泪。

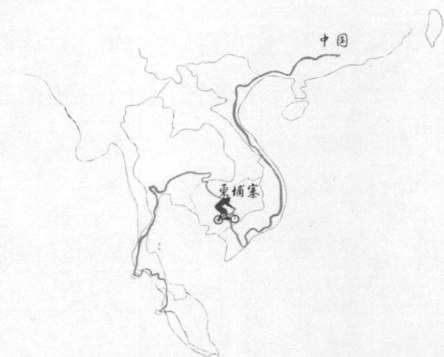

25 湄公河上的歌声

　　在乃良，宽大的湄公河切断了狭小的国道，连接彼岸的，是披着锈斑铁皮外衣的渡轮。

　　我要搭船，但绝不是开往彼岸的渡轮，而是直达越南的国际客轮。

　　乃良有水陆两种途径进入越南，水路，沿湄公河南下，离越南约30公里，经不起眼的Kaam Samnor口岸（越南称之为Tinh Bien口岸）入境，摆在我前方的是湄公河三角洲的乡间小路，显然，它属于单车骑士；陆路，沿NO.1国道北上，离越南约100公里，经柬越最繁忙的Moc Bai口岸入境，摆在我前方的是直达西贡的风尘大道，显然，它属于旅行社巴士。

　　虽说目标老早就已确定，但要找到实现目标的国际客轮，还真费神。

　　街巷码头，男女老少、官员百姓，凡是长得像个人样的，

209

都抓来"审讯"了一遍，皆无功而返。我又沮丧地站在渡轮码头遥望两岸，也没发现有个长得像样的国际客轮码头。我呆呆地望着这滚滚黄泥水，听着这水乡泽国的呼唤，有种跳下去漂到越南的冲动。

我冷静下来想想，既然是码头，那应该在岸边才对，于是离开渡轮码头，沿着岸边往南，没几步，却是跌宕起伏的土路。我的心在太阳的炙烤下顿时一凉，觉得一个国际客轮码头设在此处，更加没有可能了。

找得我腿也累了、口也干了、心也凉了，一屁股坐到路边摊，赖着不走。路边摊有一人，走过来坐下与我搭讪，还没等我问路，他便主动抢答，还说要带我去。我怕错过了航班，催他赶紧，他却慢悠悠地说："谁像你那么早的，大部队都还在金边赶来的路上呢！"

可我还是不放心，都8点多了，9点的船，如不提前点，万一买不到票，我岂不是要在此多呆一天？

二话没说，跟着他的屁股去了。

眼前的国际客运码头可把我吓到了，一块比路边摊招牌还要小的码头招牌，穿过一间不起眼的民居，屋后江前，就停泊着这艘承载我小小梦想的国际客轮——可容数人的鱼眼小木船。

事到如今不得不称赞，柬埔寨的交通工具真可以称得上是世界各国的活化石，单车是日本的淘汰货，巴士是韩国的报废品，摩托车是台湾的退役物，就连这鱼眼小木船，那也是越南制造！

　　老板娘开价10美金，我抱头大喊，以示抗议。她看我挺逗的，自砍到8美金，我翻箱倒柜，全部家当美金加柬埔寨瑞尔（我的小金库当然不会翻给她看，给她的尽是些零钱），厚厚一叠，递给她数数，约等于5美金，她死活不肯。幸好金边大部队及时赶到，老板娘眼睛一亮，向我招招手，上船！她急着赚大钱去了。

　　船开动了，我向老板娘狂放飞吻，她在岸边捧腹大笑。船东吃醋了，把气全都发在油门上，小小木船江中游，翠翠森林两岸走，速度，到了我这全都化成凉风，它是这儿最好的安眠药。我躺在甲板上，哼着歌，不知不觉入梦了。

　　梦中，我在这艘破船上，轰鸣的手扶引擎伸出一只诡异的手穿过我的耳朵，另一只手则在我肚皮上不停敲打，我耳朵以及肚子疼痛难忍，醒了，迷迷糊糊的，可还是在这艘破船上。

　　第一反应是按着肚子问船东厕所在哪里，我顺着船东的手势看去，妈呀，全体外国人都跑到厕所门口排队了！反正我是最后一个啦，也不用排，坐着等就是。这才想起就快发霉的整肠丸，我手忙脚乱拆开全新的包装，短短一刻仿佛是几个世纪。这药我一开始就带在身边，可惜一路上食物卫生，它一直没有机会立功，要不是柬埔寨的天然食品，估计它的才能也被埋没了。今天是在柬埔寨的最后一天，它终于有用武之地了，好好表现吧，要不我还真怀疑它的存在是不是多余的。

　　我连灌两瓶入肚，时间才快了起来。

厕所出来了一位，下一位接班，我又灌了两瓶，又出来一位。出来的两位没过多久，又低腰按肚，双腿还在不停地摇晃，脸上的表情看上去比我还痛苦。糟糕，形势不妙，我要去排队，正当起立，下体一凉，差点漏气，又得坐下来，抬头一看，两位仁兄又排在队伍的最后方。

我是有什么气啊，都只好往自己的肚子里吞，肚子也越来越痛，只好又灌上两瓶。第三位过了大半天才出来，他不出来时，我想着他快点出来，他出来时，我却怕了，怕他再接再厉，于是我半蹲半走，像个驼背老头，赶紧排队。

队列数人，面面相觑，各有怪异之状，有的跳跺脚舞，有的蹲马步，有的表演变脸……其间也不乏面带笑意的，是刚从厕所出来的人，但用不了多久又变回一张苦瓜脸，排到队列的后方去了。无论何种怪异之状，皆唱"哎哟……"歌，好一个"上厕所"合唱团。

在队列中，我早已是解开皮带，提着裤头，整个人完全进入作战状态，以防万一。要是实在是忍不住了，还可以离队跑到船边，把火炮架稳，炮口瞄向江里，随时准备发射鱼雷。

这哎哟歌我是唱得喉咙都干了，这才轮到我去休息。

我接过上一任的笑容，扶着刚要合上的木门，一阵酸臭腻味直冲过来，也顾不上掩住鼻子，眼睛急找马桶。这是坐式马桶，里面装着一堆堆形状颜色各异的排泄物，厕所是敞篷的，阳光暴晒马桶，里面的东西看样子也煮得差不多了，且随着船身摆动，在那里摇啊摇，令人发呕。

肚子看到马桶就放肆起来。我下体急剧胀痛，皱着眼睛，当机立断，身一转，手一松，裤一掉，屁股一坐，丹田运气，仰天长叹，瞬间，带走一切烦恼，哦，亲爱的马桶。

旧的烦恼已去，按冲水按钮，却没有水声，打开水箱盖，里面没水，紧接着，新的烦恼来了。

狭小的空间被众多的小桶填满，厕所全是烦恼味，闻不清桶里装的是什么，打开盖子，原来是柴油！管他什么油，我想拿它来冲厕所，但由于虚脱，身体发软，一只手怎么也抬不起，而另一只手正提着没有锁扣的木门，怎么说也抽不出空来，我低头，看马桶里面也装得差不多了，不能再坐着，否则后果不堪设想，只好费力地蹲起。

浪花打得船左晃右摆，幸好我在队伍中练就一身好马步，才勉强保持平衡。我头顶烈日，手扶木门，透过裂缝一边兴奋地欣赏着宽大无边的湄公河，一边贪婪地吮吸着清新的江风，想想尴尬的自我，对比中感慨万千。

嘈杂的机声顿时消失，很快，船也停了下来。船东吆喝着，柬埔寨的口岸到了，催我们尽快办理出境手续，然后上船等候，接着去越南的口岸，自己却一溜烟不见了。大家也都提着裤子，往口岸中的公厕跑去，船上空荡荡的，只剩一位德国小姐，看见我出来，神经兮兮地冲着我笑。她抽出相机，我以为她要和我合照，便伸过手臂要搂着她的脖子，怎知她避开我

在狭小的厕所里看到无边的天际。

的臂弯，向我后方走去。我不解，转身，只见她打开厕所门，举起相机！

啊——

手续也办好了，药也吃光了，肚子也清空得差不多了，只差船东一人，船上个个都像刚打完仗的战士，都瘫倒在甲板上。许久，船东才从岸边哼着歌走上船。

我问他："消失那么久，去哪里了？大伙都等着你开船呢。"

他笑着回答："不好意思，刚才拉肚子，去上厕所了。"

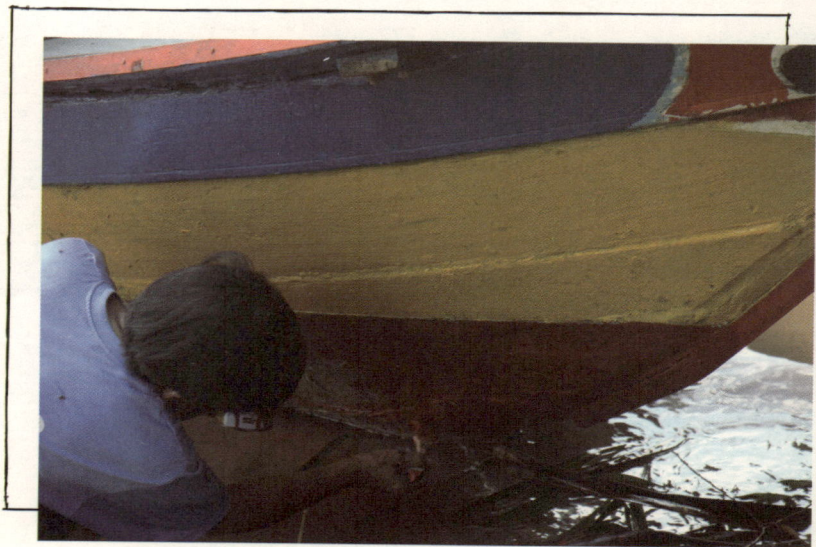

随风而去

同道中人，这份感情容易理解，便原谅他了。

我又问："刚才浪为什么那么大？"

他不好意思："不是浪大，是我肚子不舒服，使劲憋住下体，开船分心了，所以跌跌歪歪的。"

我回答："那你跟我早说嘛，为了团队的利益，我愿意牺牲自我！"

他腼腆说道："顾客就是上帝，我怎么好意思插队呢？"

说完，又接着哼歌。船正向越南口岸驶去，歌声填满整艘小船，他在唱什么呢？

翻译成中文，大概也叫"哎哟"歌。

越南，你们太乱来了

　　忘不了的是越南人喜欢对我做两件事情，第一是喜欢把玩我的玉手链。我一进门他们也未经我同意就抓起我脏兮兮的手看啊摸啊，像见到宝贝一样爱不释手；第二是喜欢做媒婆给我介绍对象，不，更准确说是硬塞。我坐下来屁股还没热，他们就推着家里的甚至附近的少女排排站到我面前，给我上"菜单"，要我随便挑一个带回去，全部带走更好。天啊，有没有搞错，干脆把单车还有帐篷等装备改装成轿子，四个抬轿一个服侍，累了厌了就轮流换，或者狠点到下一站五个都换了，看情况。

　　我就是每天重复着这样的情节，生活在日常与非日常之间一路向北来到芒街口岸。而从芒街入境中国居然还要收"门票"，什么意思，把中国当你越南的景区不成？太乱来了！

中国

越

26
口岸往事

告别体贴的船东，我来到了越南边境。

上了岸，一位老爷爷正赶着一头老水牛向我走来。不知为何，听着这低沉而悠长的牛哞声，心中感到无比亲切，嘴角不自觉地笑了起来，也许是唤起了我的思乡之情。

一路骑来，为何之前遇到的全是印度神牛？这也许是深受古老的印度宗教文化影响的派生品。如果硬是要给印度支那再起一个绰号，我想把它称之为"神牛水牛"，再合适不过了。但，从此开始，便是水牛的天下。

老爷爷问我要不要牛车提供的物流服务，并警告我，这里上不着天下不着地，离城镇远着呢。

免了，我的胯下不有辆铁牛吗，还是赶紧去口岸办理入关手续吧。

口岸是国家形象的窗口。不知今天挡我去路的，又为何物？

荒岛口岸（越南永昌Vinh Xuong）。

口岸设在一个荒凉的小岛上，无甚人烟，过客稀少，有走私贩毒之嫌。房屋稀疏，装饰老旧，官员死板，服饰过时，进去一看，我真怀疑这儿是电影的拍摄现场。

口岸不但荒凉，而且荒唐。

其一，颠倒黑白。已有签证的，到第二栋破房办理入境手续，在此之前，麻烦先去第三栋破房接受全方位的检查，颇为严格；还没签证的，在第一栋破房便可即时受理落地签，不用另外检查，气氛轻松。

其二，三六九等。办理落地签证，官员会拿出一份称之为"签证菜单"的价格表，背后附带"护照不平等条约"规定，各国护照办理签证价格都不一样，最名贵级别中，中国护照榜上有名。

其三，喜怒无常。一官员凶巴巴地审问我，中途叼起一根烟，翻箱倒柜找打火机，半晌，笑嘻嘻地问我借火，像换了个人。

火到病除，盖章欢送。

看着打火机的火焰，想起一路过关遇到的奇形怪状的口岸，思绪随着舞动的火焰浮上心头：

一、私人口岸（老挝塞代Voen Kham）

第一次听说此口岸，是在位于金边市毛泽东大道上的老挝大使馆。

那天早上，我先到附近的越南大使馆办理签证，一壶茶的时间签证便到手了。如此神速，若不是亲身经历，还真以为是天方夜谭。

办好后，我马上去到老挝大使馆，上班时间，门关户闭，戒备森严的，这老挝人办事还真严肃。问警卫签证事宜，得知官员全都出去了，我不解，问在何处，警卫仰头，手抓拳头，举手于口，咕噜咕噜。

上班时间居然去喝酒？

警卫直摇头，连忙解释，是去唱卡拉OK，不是去喝酒，应酬应酬，要办签证明天过来，今天肯定不行啦。

追问，在柬老边境可否落地签证？警卫又摇头，两国暂无官方口岸，因此不可行。什么？堂堂一个国家，口岸居然是私人的？而且还会不定时关闭？

天方夜谭！

二、时光口岸（柬埔寨奥斯玛O Smach）

泰柬两地边境的差距简直可以用天渊之别来形容。

生态环境、交通路况、口岸设施、衣着装扮、行为举止和精神面貌，一线之差，却如穿梭时空。

我递交事先在国内办好的柬埔寨签证，官员慢条斯理地接过，越看眉头皱得越深，越看越觉得不对劲。可能跟当地签发的落地签证有些差别吧，他用怀疑的眼神看着我，问我这签证出自何处。

中国广州。

他又看看我的护照封面，再翻回柬埔寨签证，像是检查货币真伪一样，又手捏又照光。之后还是不放心，又给上级核对，这才盖印放行。

我接过护照，看着柬埔寨的签证，还真够原始的，填空的内容一律手写，秀书法呀？都啥年代了，再穷也该搞个活字印刷替代吧。

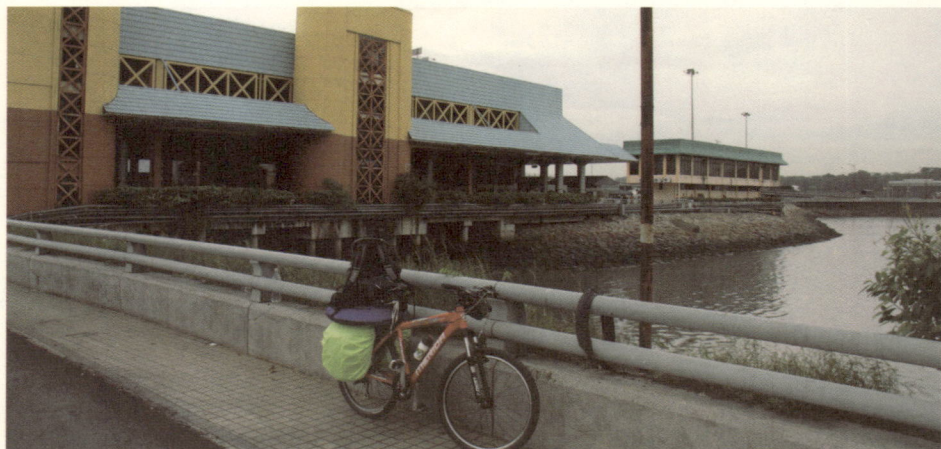

ប្រទេស កម្ពុជា
CAMBODIA
សូមស្វាគមន៍ បក ប្រទេសកម្ពុជា
WELCOME TO CAMBODIA

唉，没电脑就是麻烦。

三、黑市口岸（泰国拉廊Ranong）

在隶属于缅甸的偏远南方的丹老群岛上，至今仍存在着一个原始天堂，当地居民坚守着游牧民族自给自足的生活，他们便是莫肯族。而今这个被世人遗忘的海洋游牧民族，正备受缅甸政权的迫害，他们宁静而又原始的世界即将消逝瓦解。

泰国拉廊口岸离丹老群岛不远，又可以受理回头签证，搞得我神魂颠倒，欣然前往。泰国拉廊与缅甸高松口岸并不接壤，需搭1小时的船。这就涉及到三个问题，泰国的回头签证、缅甸的落地签证和船费。

为什么要泰国回头签证呢？因为缅甸是一个极度动荡和极度自闭的国家，政局内忧外患，官方势单力薄，对偏远地区自然存在戒心，所以游客只可以在高松口岸附近做短暂的停留。不想原路返回的，必须搭船或飞机到缅甸心脏地带。我只是想去丹老群岛，并非仰光，所以回头签证必须拿下。

泰国方面，口岸不受理回头签证，得回头去找离口岸有一段距离的移民局。

黑市就从这里开始了。口岸官员与口岸商人蛇鼠一窝，联手经营黑市口岸。官员说，正常办理签证存在一定的风险，有可能被拒签，不过有他在，请放心，于是，开出签证一条龙服务，并保证是零风险，费用为：回头签1000铢、落地签500铢、往返船票500铢，总计2000铢，而官方报价是多少，始终不得而知。

我泰铢不够，要用美金，他便变本加厉。一气之下，我要亲自去移民局办理，他自砍价，我也不加理会。到了移民局，一卧底鬼鬼祟祟跟着我，才下午2点多，移民局办公室也没人理我，说是已下班。有没有搞错？这么快。于是又得返回口岸，那官员说，给他2750铢，帮我摆平移民局那帮人。

真是有钱能使鬼推磨。我想也只能这样了，货比三家，越比越差。好吧，你办事，我放心，正要交钱，那官员良心过意不去："不能去丹老群岛，只能在高松口岸附近逗留一天。"

近在咫尺，远在天涯，算了。

四、自助口岸（泰国沙多Sadao）

马来西亚的黑木山口岸与泰国的沙多口岸中间地带有个免税大超市，环境优雅、品种齐全、价格合理。

我离开马来西亚，口袋中还剩一些林吉，已是傍晚，不知泰国那边的情况如何，姑且在免税大超市买些食物，有备无患。

急忙地埋单，赶紧冲到沙多口岸，深怕打烊。到了口岸，发现人山人海，大批的国际游客从一辆辆国际大巴上走下办理入境手续。有些流浪泰国的欧美人，也在此延长签证（即旅游签证到期了，可以从陆路出境，然后入境，便可再次获得签证，如此反复，就可以长住泰国了）。军队也在紧锣密鼓地检查过境的货车。这里场面混乱，指示不明，真不知要到哪条通道办理。我推着单车，行动不便，问来问去，也没人理我，糊里糊涂的，竟然走过了口岸！

我正沾沾自喜，觉得偷渡也挺刺激，但马上又心急如焚，万一出境时，官员发现我签证上没有入境记录，那我不是闯了大祸？

　　刚要乖乖走入口岸，一官员大声叫喊："出境的到旁边那条通道！"

　　被他这么一说，我自己差点都搞不清自己究竟是要出境还是要入境了，又陷入人流当中，继续寻找答案。

　　有个好心人听了我的情况，叫我去口岸旁边的办公室。我进去后递护照给官员，官员翻了两下，很快又丢回给我："这里是办理落地签证的，你已经有签证了，到外面这条通道办理入境手续就行。"

　　吓死我，还以为是拒绝入境呢。

　　办完手续，我终于可以光明正大进入泰国。是夜，热闹非凡，林吉也通用，可惜物价偏高。肚子正饿，便拿出刚买的食物充饥，越吃越有味，三两下就给我干掉了，真不够意思。

　　"我去再买点回来当宵夜。"我对自己说。

　　于是，又跌跌撞撞跑出口岸，回到免税大超市扫货。

　　口岸依旧混乱，回来才清醒，又偷渡了一次。

　　习惯了，还真难改。

五、指纹口岸（新加坡兀兰Woodlands）

　　新加坡的国际物流果真名不虚传，在兀兰等待出入境的集装箱货车排得比火车还要长。

　　我误打误撞进入了汽车通道，官员也没为难我，盖章后归还护照，正要告别，想着新加坡就这样完了，真有点不舍。这时，窗口伸出一个头来大喊："先生，麻烦您先按个电子指纹。"

指纹识别，非一般的专业。

……

我收起还有余热的打火机，骑上单车，往心仪已久的水乡泽国去了。过了那么多有趣的口岸，又过了这个荒岛口岸，还剩一个门票口岸在等着我呢。

中国

27 穿白丝绸的女骑士

狭长的国度孕育出的，是狭隘的道路、狭小的房屋，更是越南女性纤细的好身段。

记得第一次看到穿白丝绸的女骑士，是在一条碎石小路上。那是一群天真无邪的少女，正在清晨上学的路上骑着单车。

清晨的我，还带着些睡意，就混混沌沌地上路了，追逐日出对于长途跋涉的我来说的确是件苦差事，但却屡禁不止。

白色，是清晨撕裂黑夜的曙光；笑声，是清晨唤醒黑夜的清风。她们，是清晨刺激我的功夫茶咖啡，使我将追逐日出的念头瞬间转移到她们身上来。

她们，依稀可见不可辨。我加快踏动脚板的节奏，追了过去，无奈，这烂路却让我急不起来，眼睁睁看着她们拐进前方

的路口，消失在晨曦中。

　　继续凭着感觉走，却怎么也找不着。出了小镇，过了小桥，路边仅剩一间摩托车维修店，然后又是一片水淹的田野。

　　说是维修店，却只提供补胎服务，可见这碎石小路的厉害，能养活一个补胎行业。这里除了我，看不到一个外国人，至少当时是这样的。他们见到我，便邀我到店里吃东西。一股腥臭味，什么东西呢？靠近锅一看，我的乖乖，是福寿螺。

　　从小就被大人灌输，那些奸商为了让云吞肉更加脆爽，就会把福寿螺肉混在里面，据说吃多会致癌，便敬而远之。可今日箭在弦上不得不发，勉强地尝了一个，哗，一个福寿螺胜过十块压缩饼干，一口下去，从肚子一直涨到喉咙，超反胃，而且我还要装出非常好吃的样子，超难受。

这福寿螺就像宴席上的烧酒，一杯下肚，什么都好办。

"哥们儿，告诉你吧，直接去学校看个饱，偶尔在路上遇到一两个，那才叫弥足珍贵。"

哈哈，是怕我把全部的女生都拐走吧？他死活不肯说学校在哪里。

东家不答西家答，我另谋出路。

水淹的田野上，有人在划船，好似正在赶鸭子。

"喂——"我扯开嗓门，"能问你们个问题吗？"

他们示意我划停泊在路边的另一只小船过去。这船就像一匹野马，难驯服，幸好我不是初划，跌跌歪歪的，有惊无险上了船。稻苗疏密不一，自然而然形成弯弯曲曲的航道，我沿着它划了过去。

划船问农妇，言女放学途，只要路边等，大大地好处。

我一看时间，正好中午，赶紧上岸，坐在路边的小吃店，一杯功夫茶咖啡，一碟猪排饭，边吃边等待着比这还要地道还要可口的女骑士出现。

奇迹，就在一阵阵单车铃声中出现了。

个性的圆帽之下，可爱的口罩之

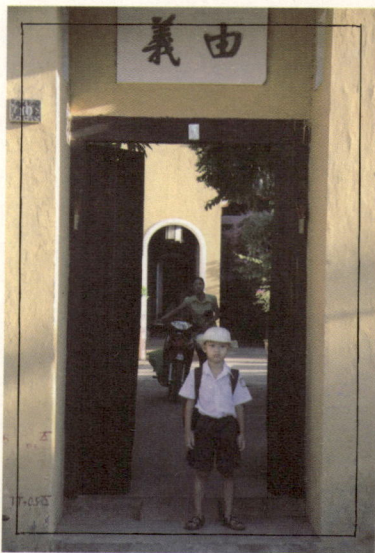

上，是一双双灵动的好奇而又害羞的眼睛。白色的长裤优雅地踏动着脚板，白色的手套温柔地轻抚着车把，白色的长袍在热风中翩翩起舞，白丝绸将人包得不露半寸肌肤，却神奇般给人一种赤裸的视觉冲击，令人浮想联翩。

陶醉中的人就是弱智，我辨不出学校间的校服差别在哪。

美好的时光总是可遇而不可求且短暂。我兴冲冲地要去追逐，又被路边摊的老板泼了一盆冷水唤醒："钱钱钱——"

于是，我的追逐计划再次宣告破产了。

我埋了单，重新启程，誓要找到最美最地道的女骑士。

烈日在头顶发着炫光，水分在身体上蒸发，汗水滴到碎石上，也马上蒸发了。

不知过了多久，路边传来一群男孩的叫喊声，哦，他们在沙滩上赤脚踢球。莫非这是学校的体育场？我似乎看到了希

望。

我不敢肯定，因为在"神牛水牛"，我发现家家户户都住别墅，从新加坡到越南，从城镇到乡村，多是如此。有钱的红砖绿瓦，没钱的铁皮茅草，房前宅后，必配套各式各样、大小各异的运动场，有钱的是草坪，没钱的是沙滩，丝毫没有房奴的困惑。

但可以肯定的是，我看到了童年的影子，幻想着能自由自在地踢球，幻想着要成为球星，幻想着能为国争光。那时，我曾不顾一切地踢球，清晨、傍晚，逃课、旦退，也曾自组球队、足校求学，想起那时的固执与永不言弃，想起那段激情燃烧的岁月，看着他们，我的眼眶有些湿润了。

我踏进这个球场，走进了我的童年，泪水与汗水一起，挥洒在柔软的沙滩上，笑声与叫喊声一道，回荡在炙热的天空下，不知不觉间，把追逐女骑士的事情给忘了。

那份发自内心的孜孜不倦的对足球单纯的热爱，不比追名逐利的荣耀来得更加充实更加丰满吗？

进球，仰天长叹，乌云来袭。

热带的雨，如匆匆过客，说来就来。午后的雨，倾向这片九龙入海的三角洲。风已分不清去向，球也看不清去向，只有漫天泼洒着的无尽的雨。

天上的雨啊，正是球场上的泪水。

球赛结束了，我冒雨一次次来到渡口，上了新的渡轮，又一次次离开渡口。湄公河水冲刷、沉积、切割，随心所欲制造出万千岛屿又淹没了，河水在大雨中浩浩荡荡地流向远方，残酷、壮丽。

终于，船朦胧的那头出现了一个白色的亭亭玉立的身影，手中拿着一束莲花，在附近的人群中来回闪动，雨水与汗水不断地从上往下滴。

她卖了一束，擦了擦额头，又从单车的菜篮上取出一束，继续忙碌着。

"先生，买一束吧，我放学后刚从荷塘上摘的，好新鲜呢！"

……

"先生，买一束吧，我放学后刚从荷塘上摘的，好新鲜呢！"

她全身湿透，身上的白丝绸已经完全融入她的肌肤。

中国

越南

28 椰子糖的故乡

儿时的我，最爱吃椰子糖。

那时的椰子糖，全都长一个样，只有一个厂家，只有一种包装，只有一种口味，但我却无法抗拒椰子糖带来的甜蜜蜜的诱惑，百吃不厌。

小孩天生有一个必杀技——哭。被打被骂了，伤心欲绝地哭，结果椰子糖来了；不给椰子糖是吧？不厌其烦地哭，结果椰子糖又来了。

于是，我骄傲地认为，椰子糖是可以哭来的。只要哭，要多少有多少。

不停地吃啊吃啊，满嘴的牙都变成了椰子糖。

可有一次，蛀牙了，哭。

大人终于都狠下心来，拿椰子糖来要挟我，又于是，我得乖乖听话了。被抓住了把柄后，就不敢再随便哭，不哭，自然地，椰子糖也就越来越少了。

昔日享不尽的椰子糖渐渐地变得弥足珍贵，每当吃完一颗，便空虚地抓着手中的包装纸，盯着看了又看，总希望它又能变出一颗椰子糖来。正因为这样看啦看，从识字开始，我就知道了哪里是椰子糖的故乡。

偶尔，我也会把椰子糖藏起来，趁大人睡着的时候，偷偷地爬进床底，取出椰子糖，轻轻地撕开包装，静静地躺在床底，品尝椰子糖独特的味道，麦芽的色泽、猪油的润滑、牛奶的甘醇、椰汁的清香。嚼着嚼着，我便入了梦乡。

梦中，我来到了椰子糖的故乡。一颗颗椰子糖铺成无边无际的沙滩，沙滩上种满了密密麻麻的椰子树，椰子树上又结满了圆圆大大的椰果，我穿着椰子叶做成的围裙，抱着好大一颗椰子糖，躺在椰子壳制成的船上，晒着太阳，吹着清风，荡漾在椰子汁酿成的无尽海水中。

……

早上，我从梦中醒来，听着轻快的音乐，顺着湄公河走，凭着感觉，边走边玩，继续向东，直到美荻，临周达观当年入柬的第四港，渡轮过海，便到了椰子糖的故乡——槟榔。

一下船，两边的椰子糖专卖店就统治了我的眼睛。热带水果，大凡叫得出名字的，都可以称为XXX椰子糖。这里的椰子糖口味，多得就像这里的热带水果，更如天上的万千繁星，数不胜数，反而，那种历史的味道，我却是怎么也找不到。

出了渡口，我往市区骑去，路上，我丝毫找不到盛产椰子的佐证，心中不由发出疑问，这哪是椰子糖的故乡啊？童年的憧憬，此时此刻，此情此景，换来的是无尽的失落。

我心有不甘，翌日清晨，一气之下又往通向海边的乡村小路骑去了。

清晨的槟榔，热闹而宁静，忙碌而安详，悬日在路的尽头升起，晨雾如层层面纱，笼罩着整个世界。刚开始的时候，雾很浓，逆着光看，奇怪啊，怎么路的前方凭空涌起那么多黑黝黝的小山，一重一重的，近大远小，近浓远浅，起伏不断？这里是一片冲积平原，川河密布，不应该有山啊！这到底是什么幻景呢？我好奇地踏动脚板，一层层揭开如烟似梦的雾纱，那个本真的槟榔也一步步呈现在我的面前。

骑过狭隘的道路，穿越简陋的木桥，越来越近，我忍不住笑了，原来是满野的椰子树，一颗连着一颗，层层叠叠，隔雾逆光，远远看去，可不就像小山似的！

碧波荡漾的河道星光闪闪，沿着河道望去，远远近近，都是满载椰子的船，有大有小，有新有旧，椰民正在岸边与船上间忙碌地搬运着椰子。

河道更深入陆地些，是椰树农家。

当地的一户农家告诉我，他家大多数的椰子，都会往工厂运，但也会留出一些，有时想吃椰子糖了，就自己制作。

我不解，问道："到市场上买，不可以吗？"

农家说："唉，买不到真正的椰子糖。再说了，自己制造的椰子糖也另有一番滋味。"

我又问道："为什么买不到呢？"

农家说："椰子糖的制作工序虽然简单，取肉榨汁、胶剂搅拌和加热冷却，但是材料的比例和温度的控制却很关键。我留给自己的都是上等的椰子，胶剂也选用最好的，加上不掺杂其他口味，制作出来的椰子糖自然纯正好吃。"

我好奇，又问："那材料的比例是多少，温度又怎么控制呢？"

农家得意地笑了："这是家传的，全凭厨师的感觉。秘方

不同，制作出来的椰子糖味道口感自然也就不同了。"

我不由惊叹，小小的椰子糖也有大学问啊！都说一个厨师一个店，这就是美食的独到之处吧。

农家还在继续赞叹他心爱的椰子树，没想到，椰子树是文人骚客冷落的对象，却是土著海民生命的全部啊！我不禁也对椰子树崇敬起来。

你顶着炎日，

傲立在狂风大浪的海岸，

你周身是宝，

却全都无私地给了我。

你伟岸的躯干，

是我的家园。

你坚韧的枝叶，

是我的衣裳。

你清心的甘醇，

是我的血液。

烈日下，

你是我的大伞；

荒岛上，

你是我的灯塔；

生命中，

你那随遇而安、漂洋过海、落地生根的种子，

是我浪迹天涯的灵魂。

想到这，我透过椰子森林，沉默地望着远方地平线上的大海。

当天夜里，我悄悄地打开驮包，取出农家给我的椰子糖，没有包装，没有说明，静静地躺在床上，品尝椰子糖独特的味道，麦芽的色泽、猪油的润滑、牛奶的甘醇、椰汁的清香。嚼着嚼着，我又做了个梦。

我又回到了儿时的梦境：一颗颗椰子糖铺成无边无际的沙滩，沙滩上种满了密密麻麻的椰果，椰子树上又结满了圆圆大大的椰果，我穿着椰子叶做成的围裙，抱着好大一颗椰子糖，躺在椰子壳制成的船上，晒着太阳，吹着清风，荡漾在椰子汁酿成的无尽海水中。

……

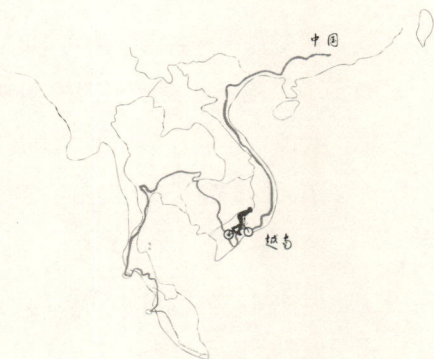

29 南越葬礼

唧唧唧唧——

三轮车夫的堤岸，是西贡的唐人街，骑着单车，随处可见形形色色的市场和讲着白话的广府人。

在这，历史的车轮依旧转动。

轰轰轰轰——

摩托车夫的东桂，是西贡的市中心，骑着单车，随处可见最新款式的口罩和吐着白烟的摩托车。

在这，时代的车轮已经呐喊。

我从堤岸骑去东桂，一下子陷入了摩托车的重重包围圈，何去何从，半点由不得我，唯有随大流，顺其自然。

街道错综复杂，害得我找不着北，十字路口更是数不胜数，搞得我晕头转向。最可怕的是超级无敌大转盘，路口最多有多少个呢？如果我当时的头脑还没有被摩托车尾气熏晕的话，我敢肯定是八个！就好像金灿灿的太阳发出万丈光芒，照亮了革命的道路，指引着前进的方向。

嘀——

指向某个路口的绿灯亮了，我顾不上判断是哪，像是被赶鸭子似的，跟了过去。

大街中央被长长一列队伍霸占，像是大明星空降或者中央首长出巡，道路两旁也挤满了好奇的观众，使得本已混乱的交通几近瘫痪，水泄不通。

爱看热闹的我也不甘示弱，使劲伸长脖子看个究竟。长长的队伍清一色洁白的装束，看不到头，也看不到尾，只见敲锣打鼓，鞭炮齐鸣，丝竹管弦，载歌载舞，其乐融融，其间，亦有不少摄影者随同。

是什么事情如此隆重，就连交通信号灯也为此让路？难道是什么圣神的传统节日？但据我了解，越南受中国传统思想的影响根深蒂固，传统节日也与中国相仿，且今日在农历上并不特别，我摸不着头脑，又往队伍的前头追去。

我抄小路，好不容易追到队伍的前头，但这里的场景更加可怕，街道已经被围观的观众挤爆，我使劲往里挤，根本挤不进一只手。在巷口，我把单车靠着墙边的水管停稳，扶着水管站在单车上瞭望，极目之处，尽是金光闪闪的一片，金色的车辆，金色的器物，一派国王出巡的排场，可当今越南没有国王

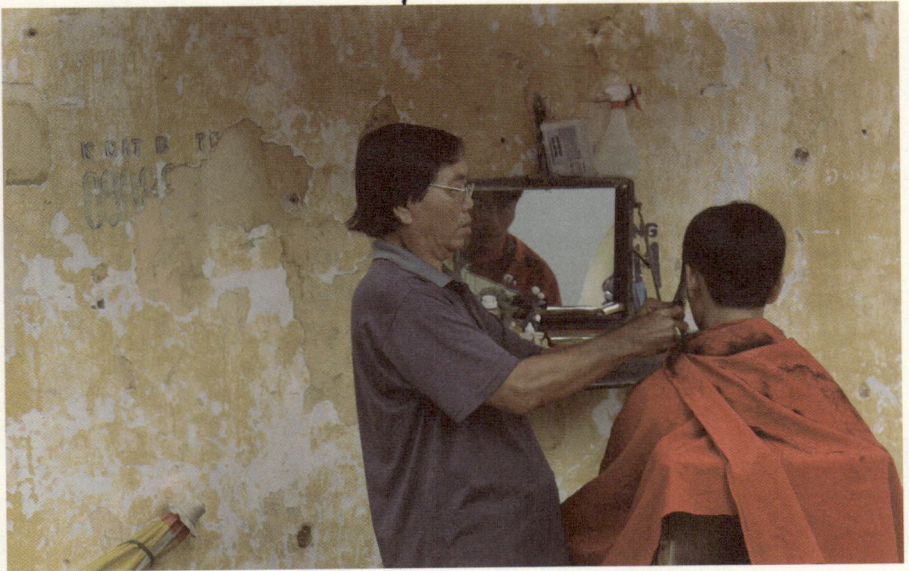

啊！再往前看，见到一个金色的雕龙画凤的长方形物体在队伍的最前方，才明白，这是个超级无敌有钱人的葬礼。

为何葬礼要举行得如此隆重呢？

生也风光，死也风光，我又想起金字塔中的木乃伊。丧葬之礼，可以读懂一个民族对生命的认知，对宗教的认知，对世界的认知。

为何奔丧之人都如此欢快愉悦呢？

印度教相信生死轮回，认为今生的死，不是生命的终结，而是来世的开始，今生苦难修尽，来世更加幸福，何来哭泣？应当庆祝！

接下来还有什么安排呢？

我想继续跟下去，转身一看，小巷也已挤满了人，只得放弃。

这葬礼受到如此大的关注度，不在发丧的队伍中打上广告，拍卖电视转播权，实在是错失商机，造成资源浪费。

隔天，我在一些与战争题材相关的历史景点参观，又想起这桩烧钱的葬礼来，与之相比，那些捐躯赴国难、视死忽如归的烈士岂不是更配享有这样的待遇吗？可怜而可敬的无名烈士。

当天晚上，我坐在街边进餐。街的对面，一间临时搭建的铁棚里，欢天喜地，我以为是婚礼，又想混饭吃，结果靠近一看，撒腿就跑，又是一桩葬礼！

这是灵堂，亲朋好友陆陆续续来奔丧，献花圈、上炷香、作法事，程序是那么的熟悉，却依旧听不到任何举丧时的哭声。

可否这样解释，生命就如同沙丘，聚则聚矣，散则散矣：

生又何哀，死又何痛。

来无所住，去无所依。

凄凄悲切，芸芸众生。

漂花落叶，奈何泣泣。

还有杂技表演，不知从哪里请来的杂技团，在轻快的音乐伴奏下，在亲朋好友的掌声中，在死者的灵位前，用嘴巴咬住一个凳子，慢慢地叠加上去，同时还在做一些古灵精怪的表演动作，一个凳子，又一个凳子，一大层凳子，一个凳子，一个圆桌……我的头越仰越高，几近垂直，最后是两个凳子。

叠凳梯，是超度亡灵，登上西方极乐世界的通道，还是希望亡者在天之灵，保佑后人步步高升？

抑或是有着某些来自原始社会、不为人知的宗教仪式？

问身边的人，只知是传统，却道不出个所以然来。

又想起家乡的二次葬。听老人说，古代祖先为躲避战乱南迁，路上或老死或病死，就地入棺安葬，若干年后，战火又至，无奈又得继续南迁。中国人的家族观念又极强，非要带上祖先骸骨，装入骨坛，直至在南方安定下来，重新安葬。

前些年，老人一听说火葬，死活都不肯，认为那是死后入火狱，临终前的遗言千嘱万咐，就是千方百计选个风水宝地，偷偷摸摸弄个土葬，儿女点头，老人安详地去了。殡仪馆的发现业绩老上不去，便到村里做思想工作，无效，一气之下，说土葬不照样下地狱？老人终于不知如何归西，任其摆布。

火葬的推行，据说是时代的进步，却叫人遗弃了祖先南迁时那段艰辛的历史。

南越的土葬不能算是完全意义上的土葬，将棺木放在地上，用砖石水泥包裹，立碑纪念。其意为，我不上天也不下地，哪怕是化为灰烬，我都要待在生我养我的这片土地上。

轰轰轰轰——

时代的车轮已经呐喊，不知何年何月，越南也全面推广火葬。

中国

越南

30 世界上最便宜的旅馆

　　滚烫的海风，曲折的海岸，离奇的沙漠，袖珍的渔村，缤纷的色彩，刺鼻的腥味。没错，我来到了盛产鱼露的渭尼。

　　渭尼给我的第一印象，是麦克山下之《郑和下西洋》历史主题摄影中的一张相片：广角镜头视野下，一个海天相接的沙滩上，巨大的前景，赤膊而健硕的主人翁坐在可容一人的半圆形的竹编小船边上，正在专心致志地修补渔网，为下一次出海捕鱼、制作鱼露做好准备。海的尽头，一艘蚂蚁般大小的现代轮船正在向岸边缓缓驶来……

　　鱼露本是我国闽南、粤东沿海一带渔民的调味品，是用各种小杂鱼和小海虾加盐腌制，加上蛋白酶和利用鱼体内的有关酶及各种耐盐细菌发酵，使鱼体蛋白质水解，经过晒炼熔化、过滤、再晒炼，去除鱼腥味，再过滤，加热灭菌而成。

几个世纪之前，鱼露伴随着这带的华人移民东南亚而传到这里，落地生根。在保留鱼露独有的鲜美之外，东南亚人结合了当地的海鱼资源、气候特点和饮食习惯，也演变出不同的味道来，如泰国的鱼露醋味比较重，越南的鱼露则更腥些。

鱼露更是越南的国味，甚至有人说，没吃过渭尼的鱼露，就不算到过越南。不过，这只是旅游业还没有兴盛前的说法，现在，来渭尼的游客一般不是为了鱼露，而是冲着比这更出名的沙漠。

这儿的沙漠，或金光闪闪，或银装素裹，或连绵起伏，或一望无际，或曲水流淌，或大海为伴，要是再有几头骆驼点缀其间，便就十足一个沙漠了。可这儿又不是沙漠，而是海的女儿，因为她有着如同海浪般迷人的胴体。

我弄不清它的成因，是地壳运动，原来岸边的沙滩变成了沙漠？可我在细如粉末的沙中却怎么也找不到贝壳作证。难道是海风作用，把沙滩上的沙子吹向了内陆？

这些对当地人来说似乎已经不再重要，他们更喜欢赋予它更多的神话色彩来吸引游客。游客多了，旅店业、交通业、餐饮业等自然也沾光，昔日宁静的小渔村，正渐渐变得热闹而繁华。骑着单车经过，常会有人问我，要不要住宿，要不要搭车，要不要就餐，不赶时间的话，我会乐意与之交流并参观，其中，有那么一两位为人随和，不为生意，只为交友，的确颇有诱惑。

但不知怎的，我却更喜欢鱼露的渭尼。

黄昏，我在小渔村找户人家寄宿，能找到吗？白日做梦吧！这年头人的智商都给旅游区开发了。风景如画的旅游区却被人性最丑陋的灵魂统治着。贪婪、贪食、妒忌、懒惰、暴怒，为了利益而不择手段，人性的弱点在这些地方暴露无遗。找到傍晚，在一条昏暗的小巷尽头，有一个标着"出租房子"的灯箱特别显眼，我骑了进去，发现门口没人，于是拉开嗓子大喊，还没等主人回应，门口背后的大狼狗便先热烈欢迎远方的客人。看那股热情劲，这狗肯定是法国的，要不是把它拴住，十有八九把我扑倒在地，狂吻不止。

经狗这么一热情的叫唤，主人给招出来了。

一白发苍苍老头，极其怀疑患有老年痴呆症，对起话来简直牛头不对马嘴，于是，换一个出来招待，是管老头叫爷爷的小学女生，没做过只租一晚的买卖，拿不定主意，于是，招包租公出来，她管他叫爸。

"唐人啊？"包租公打量我一番后，用白话问我。

　　"系啊！住一晚，听朝早走。"

　　"我都系唐人！"他激动地按住我的手，斩钉截铁地说，"近排有间房冇人租，收你20000盾，包一餐晚餐同埋一餐早餐，点？"

　　我拿出心中的如意算盘一算，折算成人民币仅8元。天啊，才8元！8元，住一晚，还包两餐，闻所未闻。此时，说不出的激动从内心深处涌出，仿佛中了头奖般令人疯狂，我怕煮熟的鸭子飞了，房都不看，便爽快地答应。

　　吃饱饭后，包租公领我去看房，走后门，过巷道，一个周星驰电影《功夫》里面的猪笼寨出现我的面前：水泥砖为墙柱，水泥板为楼面，铁板为楼梯，铁丝为护栏，铁皮为屋顶，墙板地板，辨不出是黑还是脏。屋前庭院人来人往，什么人都有，多是些外来务工农民，什么味道都有，分不清是汗臭味还是鱼腥味，什么声音都有，煮饭、洗澡、电视、打牌、喝酒、吵架，掺杂在一起。包租公指着二楼楼梯口那间唯一没有亮灯的房间，另一只手把钥匙交到我手上，转身走人。

　　我驮着行李上楼，邻居们便用死了般的眼神目不转睛地盯着我，有的擦身而过，有的在家观察。我对他们又是点头又是笑，才算勉强闯关成功。

　　来到我的房门前，愣住了：跟我差不多高的门口，一扇用床板订成的木门，木门上的猫眼比恐龙眼还要大，只用一块硬纸皮遮住，完全可轻易从这伸手入室内开门，还有一把挂在铁皮扣上的小锁，简直形同虚设。

吱——门开了。

摸黑，摸黑，摸到一条长绳，用力一拉，嘀——灯亮了。

Oh, shit! 灰黑斑驳的墙壁，潮湿邋遢的地板，3平米的空间，一个轰轰作响的摇头壁扇，一个外面看得见里面、里面看不到外面的百叶窗，一个被烟头烧得满目疮痍的塑料桌子，一地凌乱不堪的报纸，一张四周往里凹的弹簧床垫，一张千疮百孔的被单，在一闪一闪的钨丝灯昏暗光线笼罩下，极其恐怖，好似这就是一个犯人在狱中呆上一辈子的地方。

坐到床上，抖抖被单，几只怕丑的小强又躲到床垫下面去了。强哥，不好意思，打扰了，这被单你们留着用，我还是自己在床上搭帐篷吧。

搭好帐篷，在里面躺了一下，还不错嘛，比荒郊野岭强多了。但不能久躺，还要时不时出去看看公用厕所何时有空，赶紧洗澡睡觉。

看看，门关着，又看看，门还是关着……再看看，门终于开了，赶紧拿着早已准备好的衣物冲入厕所。

洗了一下，突然想起房间的安全系数太低，立刻穿上裤衩，迅速跑回房内。到了房内，又担心起厕所来，怕被人霸占，于是三两下把证件、钱包、相机以及电脑等贵重物品统统装入背包，又马上回到厕所。

厕所的环境自然是不敢恭维，没有地方安放背包，木门后有个腐朽的铁钉，也被扯断了。我只好两只手分工合作，一只手高高举起背包，另一只手就负责洗澡，好不容易这边洗好了，换另一边，继续。

这澡洗完，双手也麻了，我拖着一身的疲惫，爬进搭在床上的帐篷，呼呼大睡。

翌日，包租公拍门，催我吃早餐，什么菜都往我盘里夹，还一碟碟配料往我盘里倒，大有"劝君更尽一杯酒，西出阳关无故人"的气氛，"呢个系我地渭尼嘎特产——鱼露，好好味嘎，食多啲！"说完，又一碟。

包租公看着我吃得干干净净了，才肯放行。

完了，去跟一位聊得来的旅行社老板道别。

来到门口，他先开口："呀，你怎么还在这，我还以为你走了呢。怎么一苦瓜脸似的，昨晚没睡好吧？早知道这样，我让你在我这里睡，帮我看店铺。"

"帮你看店铺，有什么报酬吗？"我问到。

"包你一餐晚餐和早餐啦。"

中国
越南

31 让往事留在风中

一脚踏进生死路，两手推开是非门。

沿NO.1国道一路向北，历数日，有惊无险到达了会安。

这条贯穿南北，连接河内与西贡的越南大动脉，对于喜欢寻求刺激的骑士来说，是通往天堂与地狱的路口。像越南的极大多数公路一样，此路极其狭窄，在绝大多数路段，仅能并行两辆大卡车，加之车多而杂，互不相让，经常上演惊心动魄的超车比赛和发生惨不忍睹的交通事故。在现场，最忙的要数交警和救护车了，在事后，最忙的便是和尚和牧师。在寻求刺激的同时，我得提起十二分精神骑行，并警告自己：天堂与地狱，若为生命故，二者皆可抛。

而对于喜欢洞察人性的骑士来说，则是通往美与丑的大门。满地的鲜血，换来了谁人的泪水，又换来了谁人的嘲笑？

随风而去

路人的呼唤，是谁靠边停车，又是谁无动于衷？路边的商店，坐着雪中送炭的老板抑或是趁火打劫的奸商？

……

或许，所有的是是非非，都会在这条NO.1国道上找到答案。

来到会安，我的首要目标是找间网吧，一来给亲朋好友报个平安，一切都好，请勿牵挂；二来告诉他们，我几天后便要告别越南前往老挝。

登录邮箱，我吓了一跳，里面的未读邮件整整排满3页。

我已经十多天没与亲朋好友联系了，并不是没有上网的条件，而是一种对旅行的态度。唯有抛开过去的牵挂，忘却真实的自我，而去全身心融入当地，做一个短暂的土著人，方能理解旅行与人生的真正含义。

对我来说，这并不是逃避现实，恰恰相反，这是还原现实，还原被外界炒作得面目全非的现实，如果，非要说这是在躲避自我的话，无所谓，我却因此而得到了新生。

邮箱一开，果不其然，我又回到了纷纷扰扰的世界。顶在最前头的是母亲的三封鸡毛信，一天一封，似是十万火急，感觉情况不妙，点击细看，妈呀，原来是母亲给我下达"通缉令"，大致内容如下：

"弟（家乡习俗，除了直呼其名外，母亲通常这么叫儿子，或叫儿子在辈分中的排位，还有的叫"狗儿"等等），纸是包不住火的，你爸一直怀疑你这个暑假不是去兼职，每天都问我关于你的消息，这样瞒下去不是办法，我虽然同意你去东南亚，但心底里还是不放心你孤身一人长期在国外，人生地不熟的，又没有社会经验，万一有什么三长两短，我怎么向你爸交代，加上过几天你就开学了，那时也正好要办你妹的升学宴，我看你还是赶在这之前回来吧，留得青山在，不怕没柴烧，来日方长啊。"

这事之所以不跟父亲说，是根据我与他相处二十余载的经验作出的选择，他绝对不答应我这样做，究其原因，也许谁都不清楚，父子间的代沟，比那桃花潭水还要深。一个铁饭碗、一个终身伴侣、一个传后人、一辆车、一套房、一辈子，一个舒适安逸的人生。父辈穷怕了，经验主义使他们坚信这样的人生与幸福中划上了等号。这是父辈的乌托邦，但这是我想要的吗？时代不同了，这样的人生会不会留下太多的遗憾？

人生在岁月的长空中只是一颗稍纵即逝的流星，既然飞入地球大气层来到这个世上，就要竭尽全力跟大气磨擦，不留遗憾地燃尽，划破长空，成为一束光。那么乖巧温顺得像一头宠物便是孝道？还是放荡不羁得像一个浪子便是自由？人生有一把天平，应该在这两者之间寻求一个平衡点。

母亲夹在中间难做人，在我回复母亲的信件并告诉她按时回家之后，我觉得我找到了这个人生的平衡点，内疚的心总算平定下来。

可留给我的时间只有四天了，四天我能做些什么呢？去老挝？看来是无缘了。继续往北骑？也不太现实。要不就直接搭车回家？又不甘心。我在会安的街道上机械地搅动着踏板，半天也想不出个两全其美的办法来，难道真的就这样结束了吗？

不知不觉，我经过一个巴士公司，无意中看见广告牌上写着的发车时刻表，心头一亮，有了，可以晚上搭车，白天到达目的地后骑车，晚上又搭车，白天又再骑车……晚上搭车可以休息又可以赶路，白天骑车可以弥补缺陷又可以不耽误行程，真是个一箭双雕的妙计。我再详细计算好里程与时间，做出了一个近似疯狂的"搭车骑行"计划，谨以此告别这段难以忘怀的时光。

可是，本已疲惫不堪的我，还要日以继夜地奔波，岂不是要累死自己吗？

可是……

若想要轻轻松松的旅行，一开始就不应该选择骑车吧。也许只有尽情地挥洒几近枯萎的汗水，彻底燃烧生命的激情，不遗余力，才无怨无悔。

清风掠过，守崩河上波光粼粼，霎时间传到我这儿来。几百年前，各国商船就是借着这股清风，乘风破浪来到这里，东西方的文明在此交会，孕育出璀璨的会安。多少风花雪月，清风不断，吹落了多少痴情男女手中的河灯，纷纷坠到这东逝的河中，流水带着这些天长地久的心愿，无情地飘向无边无际的大海。

如今，清风又起，我也该随风而去了。

回到熟悉而陌生的NO.1国道，太阳正高挂在路的中央欢迎我的归来，排气管与大海像永无休止的风筒对我左右夹击，车轮在晒得发软的沥青路面上留下了一条长长的岁月痕迹，发出难闻的胶味。

在酷热和疲劳下，意识逐渐恍惚，视野中隐约看见一路上那些给予我无私帮助却不曾相识的人，依稀听见他们正在路边为我呐喊助威，突然，喜悦像导火索般遍及全身，原来，他们的声音是这么甜美啊……内疚的身心瞬间爆炸开来，手脚开始发抖。

风，无力地拭去我眼角溢出的泪水，一次又一次，甩在催人泪下的天空，一滴又一滴，像晶莹剔透的珍珠。

我用颤抖的手捏住酸呛的鼻子，两脚也停止了转动，任由单车载着我向前滑行。

已经筋疲力尽，过往的记忆却依旧一幕幕在脑海浮现。

为什么大家一次又一次地给予我帮助呢？他们完全可以对我这个陌生人置之不理啊。可他们还是伸出友爱的双手，最真挚地帮助我，一次又一次，以至于我厚颜无耻地认为这是理应得到的待遇。

一路骑过，历经千辛万苦，克服重重困难，我曾自大地认为自己有多么了不起，自己所经历的每个故事，都是自己一手创造出来的一颗颗值得炫耀的珍珠。如果没有他们的出现，我的旅行又将会如何呢？其实，晶莹剔透的珍珠早已撒满人世间的每个角落，我只不过是一条普通得不能再普通的绳索，偶然地，侥幸地，把一些散落在路途上的珍珠串联起来，连成一条属于自己的珍珠链，最终，没有任何报酬地将其带走。

甚至乎，就连我这条粗绳烂索也离不开那些在我背后默默支持我的亲朋好友的爱。

珍珠链上的每一颗珍珠，都是他们眼中闪烁着的光辉，我会永远铭记在心。要是未来的某一刻，我又再度动摇，我要时时想起他们，回归那份伟大的情操，然后，接着，我也要加以报答……

我又开始摇摇晃晃地转动飞轮。

日出东海，又要日落西山，夕阳的余晖又照亮了我的另一边脸，亮得通红，热得温暖。

晚上，我躺在巴士的靠背上，仰望这漫天闪烁的繁星，奇

意识恍惚下的清晨

怪，我又看见那一张张挂在夜空中的难忘的笑脸，我看得入迷，却不知从哪里跑出来的微弱灯光，将我的笑脸映在车窗上。我惭愧地对比着，他们给予帮助时的笑脸，跟我收受帮助时的笑脸是不一样的，顿时觉得很难过，却又很满足。

又一日的清晨，巴士把我带到了陌生的远方，我腰胀得酸痛，意识更加恍惚，四肢轻飘飘的，如同不属于自己一般。

但，我望着这熟悉的道路，一股莫名其妙的信念又涌上心田。

一条漫长的上坡路，低着头，汗水沿着两边脸颊滑下，在下巴汇集，哗哗滴落，我慢慢地前进着。

不经意间抬头，路的另一头是一片天空，被初升的旭日染得血红。我意识到我在归国的路上，路的尽头，就是中国了。此时，胸口涌起着莫名其妙的感动，像有股热浪冲破喉咙，迅速在全身蔓延。

想起一直陪伴在我身边的她，在内心深处，我一直和她分享旅途中的每一个故事。所有的喜怒哀乐，就像这多变的天空，黑夜白昼，顺风逆风，多云又雨，我都会喃喃自语，向她倾诉。朝着血红的天空迈进，我仿佛载着她，告诉她，我们马上就要回家了。

我燃烧完最后一滴能量，咬牙冲上山顶，视野豁然开朗。

眼前是一片起伏不定的喀斯特地貌，屹立在辽阔的大海上，漫长而和缓的下坡路弯弯曲曲指向遥远的地平线彼端，徐徐清风，按摩着我麻木的身躯。

我张开双臂，就如想包住这阵风，良久，接着又兴奋地滑下坡道。

　　通向群山怀抱的路啊，我孤零零的，缓缓滑行，为了寻求着那一个梦寐以求的拥抱。

　　现在她人到底在哪里呢？我一直沉思着这样一个问题。她现在的位置，跟我所走的路，中间又有着怎样的距离？

　　地平线还是在路的尽头蔓延着，遥不可及，像是永远都没有终点，让我觉得只有我一个人孤零零地在追逐着。

　　风越来越大，路边的风景像放胶片电影般，越来越快地不停倒退，倒退。

　　我想，应该没有任何距离吧。

　　她就在我的身边，无论何时何地。

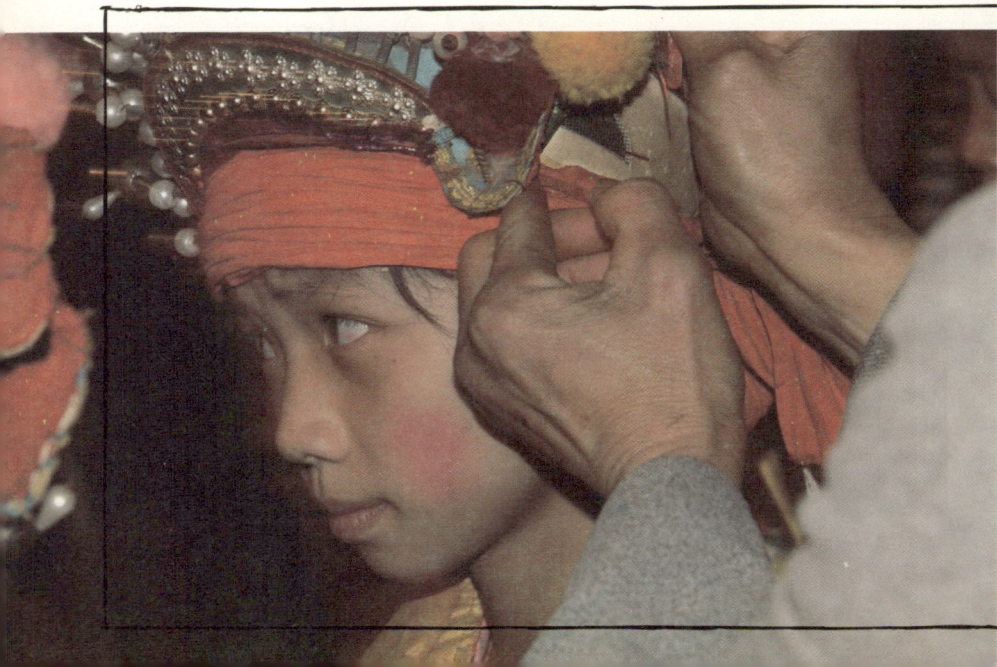

中国，
在路上

归来后，朋友们争相为我庆祝道："祝你
完美结束旅程。"结束？呵呵，我才刚上路！

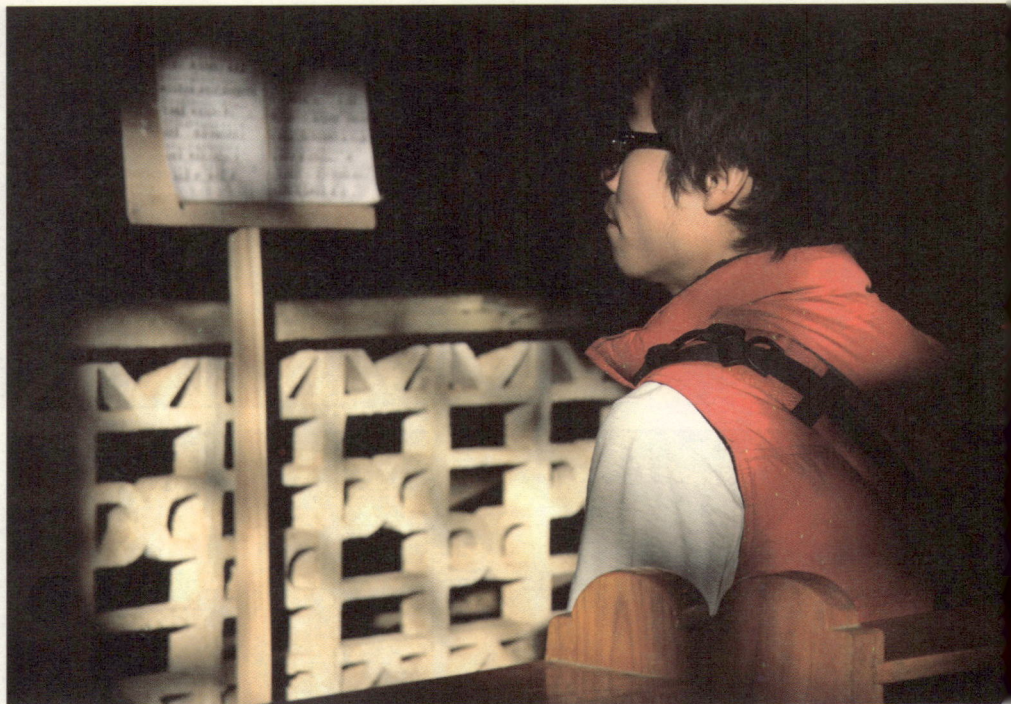

后记：一人一世界

世界是什么呢？

回来后，我常问自己这样一个问题。

这是一个分工合作的世界。

分工合作是人类社会物质技术进步的表现，有效地促进了生产效率和技术革新，于是，什么都讲究专业。

无论哪行，只要够专业，便可生存。正所谓，三百六十行，行行出状元。

可这里有个前提，那就是分工必须是与合作并存的，否则，谁都不能生存。没有了这个前提，岂不是倒退到原始社会？

一个孤独流浪的骑士，谁能保证途中有人与之分工合作？于是，为了生存，出发前，三百六十行，行行都得学；出发后，三百六十行，行行自己干。上至天文下至地理，小到补胎大到自救，所以，一个人构成了一个世界。

这是一个越来越小的世界。

现代的信息网络和交通运输已经把世界变成一个地球村，同时，也在我心中不断收缩收缩，交流变得越来越方便，世界的距离感、空间感、神秘感渐渐消失，可内心却变得越来越压抑。

我可以为不断缩小的世界做点什么？骑上单车，我发现，世界会越来越大。

世界，在每个人心中都有着不同的尺寸。

"骑了东南亚，什么时候骑遍全世界？"常有人这样问我。

"骑遍全世界？"我常这样问自己。

就算我骑了东南亚，也只不过是在广阔的地域上划了一条线，况且，就连沿途的大街小巷我还没有骑遍呢。

就算我骑遍了沿途的大街小巷，我也不可能了解途中发生的所有故事啊。

就算我了解途中所发生的所有故事，我也不可能洞察故事背后的恩恩怨怨啊。

······

就算所有的一切一切我统统知晓，今天已经过去，明天又是一个新的世界。

哪怕世界不变，同一条路线，听别人说跟亲身经历，感觉是不同的；在同一条路线上，自己的第一次、第二次、第三次，感受又是不同的；与别人同行一条路线，各自注意到的事物又是不一样的，就算一样，感受也是不同的。

……

每个人都有一个永远骑不完的世界。

那世间究竟有多少个世界？

存在宇宙间的世界只有一个，

存在、感知、内心，

存在人心中的世界，不多不少，刚好一人一个。

写在最后

　　如前所述，此书不是炫耀我的经历（要不我会改个雄心勃勃且一针见血的书名），也不是景点介绍（它只会摧残你的想象力以及破坏你对向往地的憧憬），更不是骑行攻略，而是一个个活生生的旅途故事。

　　旅途中的故事，并不是小说。没有小说里完美无瑕的虚构情节，却有着比小说更加扣人心弦的真实情感。

　　几天看一篇是最好不过的，因为，能与文章中真实故事同步，仿佛读者亲身经历一样。如此一来，一本书看完，那么你也完成了一次属于自己的单车之旅。

　　又或者，某天，你也跨上单车启程，把它带在身边，夜深人静的时候，在微弱的灯光下，躲进帐篷里翻开此书，一个个故事从书上跳出，你会觉得这是如此的美妙。

　　甚至，自始至终，你没有看过一眼书中的内容，但每当你在途中困难无助想要放弃之时，你不妨从驮包中取出它来，捧在手上盯着封面，就像打开心灵之窗的"魔鬼圣经"一般，它会给你某种继续走下去的信念，那么这便是我的最大荣幸。

随风而去

此书能够明快圆满地完成，赶在千里单骑东南亚六国一周年纪念之际与读者见面，首先要衷心感谢生我养我的父母，以及亲朋好友、同学同仁的支持与配合，更要感谢旅途中给予我无私帮助和关怀的所有好人，尤其是出版过程中，特别承蒙策划安娜、美编龙弋、责编子凤、印刷日东的关照，在此万分感谢。

　　当然，我怎会忘记感谢正在阅读《随风而去》的你，谢谢大家！

牟阳江

2009年秋

附录：骑行指南

以下主要针对新手，且是那些追求完美并喜欢独骑的新手，至于老手或者团队骑行，就更容易办到了。

骑行指南中，多是一些指引性的话语，而没有条条框框的经验和教条限制。带着这些指引，通过自己的思考探索而求得真知，正是独自骑行所需要的品质。诚然，按照别人的指指点点，把旅行当作任务来完成，旅行就变得没有任何意义了。

出发前的准备

人生的第一次永远都是那么难忘。对于一个骑行新手（甚至是完全没有骑行经验的）来说，独骑东南亚并非天方夜谭，别忘了，我跟你一样，也是一位新手。只要你做好出发前的准备，这段经历将比老

随风而去

手来得刻苦铭心，毫不夸张地说，那将是终生难忘的事情。

出发前的准备可以说是繁琐得要命，但也可以简单得用四个字概括，那就是人、钱、物、证。

第一，人。

如果你是意志坚定、眼大心细、不惧孤单、喜欢流浪的新手，独骑东南亚简直易如反掌，所需的仅是在酷热的环境下加强耐力和经验。如果你不具备这些与生俱来的特性，那就拜托你磨炼好了再接着看下去。

你平时有没有经常参加培养耐力的体育锻炼啊？如果有，很好，保持状态就行。如果没有，那就学我吧，提前两个月坚持长跑，刚开始跑慢些跑短些，慢慢加强。骑行要的是耐力和毅力，所以，锻炼耐力的时候，要根据身体调节，拉伤筋骨会让你前功尽弃。

至于经验嘛，完美主义者追求的是，"我"从来都没有跨市骑行，"我"要的是超强的视觉和心灵冲击，想想那种不鸣则已一鸣惊人的感觉吧，是多么引人入胜。经验主义者追求的是，"我"要经历过一些大风大浪，才能独骑东南亚，想想虽打些折扣，可安全第一。

想想骑行都要解决那些问题吧。完美主义者在保持完美的追求以外，一样可以做到安全第一：通过各种手段听取老手的骑行忠告，加上在市内带上一定重量的行李，连续骑行一个星期以上不回家，模拟身处异国他乡，把自己当成是一个外国人，用英文或手语与所有人交流，想尽办法利用当地资源解决遇到的所有问题，还有挑选一些路段挑战各种路况、气候及地势。

此外，完美主义者不满足于走马观花，而会追求骑行得更加深入，这就要求对东南亚的地理、历史、宗教、文学等相关知识有长期积累，更重要的，是带着一颗探索求知、认识自我的心。不用理会那些肤浅低俗的介绍和经验，那只会破坏意境。

第二，钱。

钱的问题最不好说，因人而异。并不是说花最少的钱走最远的路就好，那样的话会在很多方面打折扣，而要根据自己的骑行目的和资金实力而定，量力而行。只要你愿意，你也可以做到不花一分钱。不瞒你说，我在旅途中就试过在一些商铺做劳务，以换取寄宿或少许的钱，但我没有国际劳务证，这是非法的，得偷偷干。

钱可分为出发前购买装备、保险、机票以及办理签证等费用，旅途中衣食住行吃喝玩乐的费用，归来时的交通费用，还有应对突发事件的预算，包括医疗费和撤退费。

花费方面，独骑要比团体成本高，财大气粗的要比精打细算的成本高，发达国家要比落后国家成本高，旅游景点要比普通地方成本高，城市比农村成本高，物产丰富的地方比鸟不拉屎的地方成本高，不懂说当地话要比懂说当地话成本高……

但总的来说，与我国消费水平相差不大。

把钱换一些美金带在身上，存一些在信用卡上，并把账号告诉你最信赖的亲朋好友，以便你没钱的时候给你打入，就可以上路了。还没有信用卡吗？申请一个吧，购买机票以及超前消费将是它大显神通的地方，再说了，哪里有银行，哪里就可以用信用卡提款。万一信用卡丢失了呢？别担心，记下国外该银行的联系方式，再多花些钱补办一张。如果没有那么多钱补办呢？不要紧张，多带几张借记卡也无妨，里面有钱没钱无所谓，把它们分开放，没钱的时候还是叫亲朋好友打进去。现在外国越来越多的银行支持银联了，也是自救的办法，但无论什么卡，国外提款都是要手续费的，至于哪种更加优惠，这要看银行公布的数据。

万一，万一所有的东西都被抢光了，怎么办？去找警察车你到中国大使馆吧，在那里你会得到一些精神上的支持并保证生命安全。

购买旅游支票本身就是一种风险，虽说它可以保证你的支票无论何种原因消失了，都可防止资金丢失，但购买是要一定手续费的，且在一些落后的地方，不一定能得到提供支票提款或使用的服务。

第三，物。

也就是指行李，主要包括单车装备和人的装备。

单车装备简单，也就一辆单车、一些备用配件和简易的维修工具。不懂吗？随便到一个单车店或者论坛便可一次性购买齐全。

人的装备可就繁琐得多，户外装备、骑行装备、日常用品、急救药物、书籍、相机和贵重物品等等。

以防晒为例，大多数人会选择防晒霜，但有些完美主义者相信，一套既透气又遮阴的长袖长裤才是防晒首选。

此外，完美主义者还会带上一些信仰物，用来抒怀或激发斗志，更有甚者，带上终身不弃不离的器材，到处交流或挑战。

骑行中的所有行李不一定要出发前全部准备好，有些可以在途中以更加低廉的价格购买到更加优质的产品，但你事先要做好调查，以免两头扑空。

完美主义者追求两个极端，都是完美的表现：一者旅行如游牧搬家，什么都带齐，把旅行视为人生；一者什么都不带，仅一辆单车、一张信用卡和一些非常必要的急救工具。东南亚人口密集，有钱便能办事，也是绝对可行的。

行李，既要齐全，又要精简，毕竟，拖着一大堆行李可是相当耗费精力的，而急着用却没有的话，更加致命。

第四，证。

也就是证件，如护照签证、红皮书、黄皮书等等。身份证可带可不带。数量虽少，但非常重要，务必妥善保管。

签证

东南亚各国的签证，可谓是最易办理的以及最为便宜的。除了政局动荡的缅甸较为苛刻，以及发达的新加坡和文莱较为严格一点外，其他国家对于中国护照基本是有求必签，来者不拒。

签证是出国遇到的第一个问题。各国签证要求各异，但总的来说包括以下几方面：护照、身份证、相片、各证件的复印件、填写好的申请表格以及费用，有些国家还要求资金证明、往返机票、红皮书和黄皮书等证件。签证成功并旅游归国后，还有些国家比较苛刻，会要求你在指定时间内去目的国驻华大使馆（或领事馆）销签，不过这个要求会在你拿到签证时事先通知你。

无论怎么办理签证以及到哪里办理，无非只考虑四个因素：第一，签证的效率；第二，签证的费用；第三，签证的条件；第四，签证的有效期及逗留期。如办理多个国家的签证，则更需考虑协调好各国签证的办理地点、顺序以及有效期。

签证办理难易程度会随着国家之间的关系不同以及时间段不同而受到不同的待遇，这种待遇姑且称它为"不平等条约"。"不平等条约"会把各国护照分为三六九等，但总的来说，落后国家签证比发达国家签证容易，国泰民安国家的签证比动荡不安国家的签证容易，对外开放国家的签证比闭关自守国家的签证容易，盟友国家的签证比敌对国家的签证容易。

刚开始的时候也许你会被签证搞得一头雾水，其实签证是出国的第一道坎也是最容易过的坎，更是出国前考验你办事效率的"试金石"。如你为办理签证这事烦心，就货比三家，找个心水的旅行社代办，省时省心，代价是多付些费用。不过如果你打算邀游多国，出入边境时胸有成竹的话，最好还是出发前了解各国签证办理的"不平等条约"，以及做好充分准备。

了解的方式多种多样，经验派可以向前人请教，知识派可以浏览相关书籍或网页，爽朗派则可以直接打电话问目的国的大使馆。别担心，办理签证的程序远比它的法律条文松多了，况且一次生两次熟。

据我了解，泰国、缅甸、柬埔寨、越南、老挝双方口岸大多可以实现落地签证，中南半岛各国绝大多数支持第三国签证，但与中国接壤的各国边境口岸则要事先办好。还有，各国对中国护照暂不免签。

货币

我对外汇可谓是一窍不通，但笨人有笨方法：在出国前记下国内银行当前兑换的汇率以及汇率走势，到了国外兑换时拿出自己编制的兑换表对照，大于或等于此汇率的就换；如汇率不理想就货比三家，再相机行事；如万不得已，实属无奈者，就另当别论了。

汇率就是同一时间在同一兑换店，随着数目的大小以及货币的属性也会有所不同。一般来说，大数目比小数目高，纸币比硬币高。这兑换啊，它就像到市场买菜，是可以讨价还价的，不管是黑市、兑换店抑或银行；也不管是用一个箩筐装全部鸡蛋，抑或分开几个装，总之，怎么赚就怎么换。

同一笔钱，兑换的次数越多，亏得越多，因为兑换商是要收取中介费的。

现在很多兑换店，都可以拿人民币兑换了，所以持美金和人民币双货币，看准哪个亏得少就换。

兑换一国货币得预计好在此国的消费额度。如果换得多了，离开时还用不完，怎么办？这个好办，很多边境地区是通用两国货币的，一般情况下，发达一国的货币可以在落后一国边境口岸一带使用，反之，则不好说。那过了邻国的边境还是用不完呢？只好亏大点，又兑换一次啦。

完美主义者还有高招。一路收藏各国用不完的货币，回到国内开个货币博览会，或者高价转让给货币发烧友。

有些国家或者有些地区，例如国际化的旅游区或者落后的柬埔寨、越南和老挝，是允许使用他国货币的，比如美金。人民币也在一定范围内通用，不过暂时只是小打小闹。但不要以为这样会有太大的好处，因为使用他国货币绝对比用他国货币换成此国货币后直接消费高，有的是一点点，有的却高出许多。不过，贵在方便倒是千真万确。

语言

完美主义者喜欢在两个极端上做文章，一者通过各种途径学习加上大量的现场模仿，能说一口流利的当地话，为此，打开了通向多姿多彩的东南亚之门；一者拒绝任何口语交流，坚信手语才是世界上最为通用的语言，临场发挥、随机应变、解决问题，为此，关闭接收嘈杂的信息之门，只留通向心灵感应之窗。

对于东南亚大多数国家来说，国际旅游业是其一大产业，故英语的普及程度较高，问题是，你得适应这里的发音。

东南亚国家多华人，中文在绝大多数华人聚居地是适用的，除了一些被同化的地区。不懂白话、客家话或福佬话？不是大问题，当地很多华人都已经学会普通话了。再不行，那就麻烦你动动笔，书面交流吧。

再笨一点，趁着有当地人能与你交流，叫他多写些日常用语给你，自己再在一旁注明中文。

路况

不走乡间小路的话，基本是没有机会看到土路，除非正在修路，但修路的概率也不高。毫不夸张地说，骑公路车去没有任何问题，就是在泰柬边境与暹粒之间时，得麻烦你打个的。

行驶方面，新马泰靠左，柬越老靠右。

发达的地区和国家用指示牌与路碑共同传达公路信息，落后的地区和国家则把全部的公路信息落在路碑上。

交通情况也应该掌握，新加坡绝大多数路段没有单车道；在马来西亚，小心误入高速公路；泰国山路上的狗会逼你往车路中间走，以致酿成车祸；在柬埔寨、老挝不要随便离开道路，小心地雷；越南的路比你家后门的小巷还要小，但车又多。

不在偏僻的小路以及夜间行走，基本与强盗无缘。

地形与气候

这是个很广的地理概念，在此只能说个大概。

马来半岛多为丘陵地形，泰东北、柬埔寨和湄公河三角洲是平原，老挝全境、柬埔寨北部、越南西部和泰国北部多山地，南中国海沿岸则是丘陵与平地相间。

几乎全是热带气候，全年炎热，至少缓和，山区成为避暑的好地方，那里则较为凉爽，但昼夜温差大。

马来半岛靠近赤道，又受太平洋和印度洋两种季风交替影响，终年多雨。马来半岛以北，大约5月至10月为雨季，11月至次年4月为旱季。

多为对流雨，一般出现在午后或者黄昏时分。

单车的维修与维护

单车维修率最高的是轮胎，其他方面很少出现问题，补胎的话，随身携带的补胎工具便可应付，再带上一两条备用胎更加稳妥。

沿海骑行，多盐分导致单车零部件腐蚀；土路骑行，多泥尘亦导致单车零部件干涩，那就找个龙头把单车冲洗干净，干燥后再上点润滑油。

泰国大中城市、马来西亚的特大城市和新加坡都有专业的单车店，所以几乎没必要把备用链条、备用飞轮、备月踏板等等这些养兵千日用兵一时的东西带过去。不过，你想在路边开间单车店的话，则另当别论。

对老凤凰情有独钟的完美主义者更是不用担心单车的维修与维护问题，随便坏随便修，不用维护，不想修就在当地换台新的。

露营

露营前请先了解自然灾害和预防不速之客。

完美主义者露营的动机有两个，一是为了省钱，二是向往某种生活。

想省钱，在新加坡这个高消费国度，东南和东北海滨公园是露营的好去处；向往某种生活的，那还得征求屋主的同意，在他家院子里露营。

各国中，露营条件最好的要数泰国，国家公园、海滨、寺庙还有警察哨所，甚至路边的凉亭就可以。

其他国家中，学校露营应该是首选。

不想过露营生活？那就寄宿或住旅店吧，那里有插头，电压都是完全适合中国电器，只不过新加坡和马来西亚的是跟香港通用的三座插头，其他则是跟中国通用的两座插头。

露宿街头或者在夜班车上过夜我都试过，也很难忘。感兴趣的朋友，试试无妨。

随风而去

通讯

想念家人，打电话或者上网吧。

全球通在东南亚打国际长途贵得离谱，还是在当地购买一张新卡较为划算。时时刻刻想念亲人却又想省钱？那就携带两台手机，一台开通全球通，只接收短信，然后用另一台当地卡的手机通话。

还有更省的吗？有，到公用电话亭打吧。但塞硬币的建议不要光顾，比手机还贵，多余的钱又吞掉，很霸道。

烧钱的，买卫星电话。

网吧的价格不一，但普遍比中国高。

此外，不排除有完美主义者复古，写信寄回去；或完美主义者发疯，写张纸条，塞进玻璃瓶里，扔到海上之类，也不是没有可能。

疾病

某地的人类社会与国际接轨，它的传染病也会与国际接轨。

针对个人常犯的疾病和当地的传染病来准备药物或者接受疫苗。如有接受疫苗的需要，办理签证时大使馆工作人员会主动要求，不用自己操心。

健康的体魄、良好的睡眠，有助于远离疾病，另外，注意饮食卫生、洁身自爱。

如果真的生病了，不要慌张，断定是否你常犯的疾病，如果是，吃你为此准备的药物应该就没有什么大碍了。万一不是，那就尽快去最近的一家医院或诊所吧，就是得多花点钱，但也可以体验国际医疗的乐趣。尤其是印度人的诊所，无论从医疗设备还是医疗手法都相当好玩，有病没病都可以大胆去瞧瞧。

真的不放心，可以在事前和事后各做一次体检。

还有一些是长期骑行而产生的疾病，撇开意外事故不谈，劳损是最折磨人的，一般发生在最为脆弱的膝关节部位，主要是因为长期的大负荷量运动超过膝盖的承受能力，导致筋络严重受损，病症为膝盖一用力或者持续用力就会酸软乏力，重者运动生涯就此拜拜，轻者不能做激烈运动或耐力运动。这病难医，只好靠慢慢调理，短则一年半载，长则遥遥无期。怎么预防呢？首先，平时要渐渐加强膝盖的训练，骑行前保证有充分的热身运动；其次，骑行途中要注意休整，不要长期逞强；第三，骑行后注意按摩放松，休息好。

长期在汽车尾气的公路上或者浓烟滚滚的土路上骑行，如果没有防护措施，会出现相应的咽喉和肺部疾病。如果在炎热干燥的天气中骑行而长期不及时补充水分，也会烧伤咽喉，如果不予理会，便会转成慢性病。

其他的拉伤、擦伤，包扎一下，擦擦药酒便无大碍。

另外，多花点心机在座鞍上，那是你的命根。

危险与麻烦

整个东南亚目前还是比较稳定的，那种对华人的歧视以及妒忌已经成为历史，但还是有些地方值得提高警惕的。

泰国最南端的四个省份宋卡、也拉、北大年和那拉提瓦局势动荡不安，西南端的沙敦省也见风使舵！尽管平民和游客并不是他们的目标，但在交火中总是发生不幸。完美主义者想去体验那种绷紧神经的刺激，在生死线上感受生命的可贵，不是不可以，但之前最好咨询清楚，关注当地局势，不在政府机构、公共场所、宗教场所等逗留，晚上最好不外出，切记。

又说泰国常有暴动，那只是政党之间的利益斗争，常在一些大型户外场所发生，据我所知，多数情况下不会危及你的性命，万一局势突然紧张，中国大使馆是你的避难所，并会在恰当时机安排你回国。

柬埔寨、老挝以及越南都有不同数量的地雷埋在地下，尤其是在乡下，人有三急，千万不要随便离开公路而躲到荒芜之地行方便。去没有道路和人迹的地方，务必要向当地人咨询清楚。

马来西亚华人，无论男女老少常警告我，不要进土著人农村，他们会实施抢劫，也许那时历史的教训还在继续，但光天化日在大路上骑行，我还没有遇到此类问题，所以，尽可能避免开夜车或走小路。

不要粗心大意，无论何时何地，保管好自己的贵重物品或找个可靠的地方寄存，证件最好随身携带。旅馆也并非安全之地，尤其是廉价旅馆，务必注意。提高警惕，不贪小便宜，避免上当受骗，特别是在旅游景区。

还有，东南亚的毒品举世闻名，尽管金三角很多地方都放弃种植罂粟，但还是要避免在一些混乱的场所接触可疑的人物和来历不明的食物，有意无意地吸食或走私贩卖毒品，都可能被定罪。

色情交易也是一大麻烦，一者违法，二者传染疾病。

最后，应该学习完美主义者的乐观心态，在做好一些合理的防护准备后，绝大多数骑士都能平安凯旋。

保险

买保险真的保险吗？

保险不是平安符，它只是一种赌博，双方赌的，就是发生事故的概率。所以，购买保险本身就是一种风险投资。

如果你忧心忡忡，它便是一颗定心丸，但如果你因为购买后而放松安全警惕，它便是一颗定时炸弹。

旅行保险根据投保的地区不同、长短不同、范围不同以及赔偿方式不同，各保险公司有着不同的价格，购买前须查询清楚。

到达与离开

许多骑士喜欢"环",单车去单车回。

完美主义者迷恋那种穿越时光隧道的感觉,那就搭飞机吧。想省钱?亚洲航空以及新加坡虎航两大廉价航空公司是你不二的选择,它们的航线遍布东南亚各地,并与中国的多个城市对接。单车怎么办?当然是随机托运啦,上其官网看看吧,只要在购票时点击"超大行李",就可完成托运手续。相比之下,较难对付的是机场,记得把单车包装得整齐和牢固些,要不然在机场的包装费比托运费还要高。

有没有跟单车一样慢的交通工具?搭轮船吧,新加坡是世界上数一数二的国际海运物流大港,如果你努力,不难找到往返新加坡与中国各大港口的船只。到了船上,记得24小时踏动单车脚板,你就完成单车穿越南海了。这样听起来挺诱人的,至于价格嘛,就算免费搭乘,食物方面的消费用来购买机票都绰绰有余了。

此外,喜欢让眼睛慢慢过渡以及感觉慢慢热身的话,选择火车或汽车绝对没错。

骑行途中偶尔搭乘一下交通工具,可以避开讨厌或危险的路段,更重要的是,可以享受那种速度的巨大反差带来的无比快感。

想好了?那就出发吧!